惡魔高校DxD

體育館後的聖光

6

一榮
ICHIEI ISHIBUMI

Kadokawa Fantastic Novels

彩頁・內文插圖：みやま零

目 錄

我可以一直待在一誠先生身邊嗎？

Life.0

當我回過神來，人在一間雅致的和室裡。

榻榻米沒有任何破損，室內擺著看起來很高級的壺，院子是美麗的日式庭園，不時還有添水的竹筒發出響亮的「叩！」聲響。

「一誠先生。」

然後眼前是身穿白無垢的——愛西亞！只見她正襟危坐，以跪坐的姿勢向我低頭行禮。金髮綠眼的外國美少女身穿日式新娘禮服白無垢，有種神秘的感覺，非常棒！

愛西亞以濕潤的眼眸看著我說道：

「感謝一直以來的照顧。愛西亞今天要出嫁了。」

——！

她、她說什麼————！

「嗚嗚，愛西亞都出落得這麼亭亭玉立了……」

「愛西亞好漂亮！」

爸爸媽媽在我身旁看著愛西亞放聲大哭！

「愛西亞，妳隨時可以回來這裡喔。」

社長也一邊擦拭眼角的淚水一邊開口！

「愛西亞，之後的事妳不用擔心。」

朱乃學姊也和社長一樣一副感慨萬千的模樣！

咦！咦咦咦咦！怎麼回事？這是怎樣？愛西亞！

正當我搞不清楚狀況時，媽媽對我說道：

「來，一誠，你也對愛西亞說些什麼吧。你不是一直把她當成妹妹一樣疼愛嗎？」

不，妳突然這樣講，我也不知道要說什麼！話說愛西亞真的要嫁人了！

對象是誰？追到我們家愛西亞的人是——

這時紙門「磅！」一地一聲用力打開，一個型男現身。

「大哥，初次見面。我是迪奧多拉．阿斯塔蒂，是個上級惡魔又是超級有錢人。呵呵呵，愛西亞就交給我了。我一定會讓她幸福的！」

他擺出華麗的姿勢面對我和其他家人！這、這個傢伙是新生代上級惡魔之一！

我記得他是阿斯塔蒂家的繼任宗主！是現任魔王別西卜陛下出身的世家！

啊啊，對了！暑假快要結束時，我們剛從冥界回來那天，這個傢伙向愛西亞求婚了！

「好帥啊！這樣我就放心了！」

「是啊，家裡有錢這點也很讓人放心。我們可以安享晚年了。」

爸媽如此說道！喂————！你們在說什麼！

「如果是迪奧多拉，我也可以放心把愛西亞託付出去。」

「就是說啊。」

社長和朱乃學姊這對大姊姊搭檔也互相點頭稱是！

這樣真的好嗎？你們是認真的嗎？

「來吧，愛西亞，該舉行婚禮了。走吧，讓我們一起邁向光明的未來！」

阿斯塔蒂家的少爺把愛西亞攔腰抱起，準備離開這裡！

「啊！混帳！我還沒有答應要讓愛西亞嫁給你！」

我追了上去！然而愛西亞完全不理會我的話，對我揮手道別！

「一誠先生——！感謝你一直以來的照顧！我一定會幸福的～～！」

咦咦咦咦咦咦咦咦咦咦咦咦咦咦咦咦咦咦咦咦！

等一下————！

「愛西亞！哥哥不承認這樁婚事————！」

我哭喪著臉追上去，然而就是追不到——

不、不會吧……愛西亞……

我、我可愛的愛西亞……要出嫁了……

—○●○—

「一誠先生，你還好吧？」

……愛西亞穿著睡衣盯著我看。

揉揉惺忪的眼睛，用力睜開。看了一下時鐘——正好是早上。

「……愛西亞還在。」

「是啊，我在這裡。一誠先生在睡夢裡叫喊我的名字。」

啊——原來如此。是夢啊。愛西亞嫁人只是個糟透了的惡夢。

我挺起上半身，「嘩啦！」流出大量的淚水。

「我夢到愛西亞出嫁了。嗚嗚，那比我想像中的還要難過。」

愛西亞不知該作何反應，只能苦笑說道：

「一誠先生真愛操心。請放心，我還不會出嫁。」

「真的嗎？不然我會寂寞而死喔？」

「真的。不然一誠先生寂寞而死可就糟了。」

愛西亞笑容滿面地回答我！啊啊，我可愛的愛西亞！

說真的，她要是嫁人了，我應該會嚎啕大哭吧。光是作夢就哭成這樣，肯定不妙。

「……嗚喵。」

——！我的下腹部好像有什麼東西在鑽動！

從我的兩腿之間爬起來的——是小貓！她、她什麼時候鑽進我的被窩裡？

小貓揉揉她惺忪的眼睛，抱住我的胸口準備繼續入睡。怎麼辦，小貓嬌小的身體，好柔軟啊……

拿白色襯衫當睡衣也太犯規了！話說這種觸感，襯衫底下應該就是肌膚吧……

「……喵。」

她的貓耳動個不停，白色的尾巴也在搖來搖去！真實身分曝光之後的小貓，可愛到足以殺人了！

尾巴露出來了，那麼內褲呢？該、該不會……不行不行。對方是小貓，不可以想太多！

集訓之後，小貓也住進我家。住進來是無所謂，但是她動不動就坐到我的腿上，或是像這樣在我不知不覺間爬到我的床上睡覺。

毒舌和貓拳倒是沒變……她、她這是在黏著我嗎？

平時的反應沒變，偶爾卻會像這樣有如貓一般撒嬌。這樣雖然讓我很高興，卻也不知道可以做出多麼親暱的動作。

「總之，幸好愛西亞出嫁只是個夢。」

我摸摸小貓的頭，嘆了一口氣。這時——

「真希望類似的事只發生在夢中。」

先起床的社長坐在床上，手裡拿著大量的信件。

「那是信嗎？」

聽到我的問題，社長邊嘆氣邊點頭回答：

「是啊，寄件人——是迪奧多拉・阿斯塔蒂。看來好像是情書。其他還有電影票、吃飯的邀約、禮券等等。他還送了個大禮，就放在門口。這是第幾次了。」

情書！還有禮物！沒錯，最近這些東西頻繁出現在我家——應該說是送給愛西亞。

唔唔唔！那張溫和的帥臉浮現在我的腦中！

混帳————！我們才剛從冥界回來，他就向愛西亞求婚————！

愛西亞也不知道該作何反應，每次收到這些東西就向我們道歉。她好像覺得這樣打擾到我們了。錯不在愛西亞！愛西亞一點錯也沒有！

在那之後過了大約兩個星期，暑假順利結束進入第二學期，但是我對那個傢伙的憤怒卻是與日俱增，連我自己都感覺得出來。

我站了起來，含著淚水大喊！

「我才不會讓我們家的愛西亞嫁給他！」

Life.1 第二學期，開始！

夏天結束，已經進入新的學期——第二學期。

開學典禮早已結束，駒王學園開始準備迎接九月的大活動，運動會。

進入這個時期，總是會有令人不爽的事。

因為同班同學裡會出現許多有所改變的人。也就是經過所謂暑期形象大改造的傢伙。

隔了一個暑假，他們改變過去的自己，達成大膽的形象改造。雖然說和去年，也就是一年級時相比起來人數應該比較少，不過今年還是有這樣的傢伙。

男生開始上美髮沙龍弄頭髮，女生的造型也變成時下最流行的辣妹風格！

夏天以前不起眼的人們帶著新的形象，迎接第二學期！

去年我看到一堆這樣的人，煩得受不了，同時也很不甘心！

——我也想要有所改變啊！

我好歹是個高中男生！對於染髮、或是輕浮的打扮多少有點興趣，也會想要挑戰！更重要的是女生好像很喜歡那種造型！

隔了一個夏天改變形象的那些傢伙，目的八成也是這樣！

——想在夏天改變自己，交到女朋友！

「然後就是告別處男之身。夏天對高中男生來說，也是一道必須跨越的障礙。」

戴著眼鏡的元濱也一邊點頭一邊說道。

他是我的損友之一。

「喔喔，元濱。那個傳聞打聽得怎麼樣了？」

聽到我這麼一問，他點頭說道：

「那個啊，剛才松田跑去進行最後確認——」

「喂————！一誠、元濱！我打聽到了！」

跑進教室的人正是松田。

「果然沒錯，隔壁班的吉田在暑假達陣了！而且對象好像還是三年級的大姊姊！」

「王八蛋！」

我和元濱當場忿忿地咒罵。

果然是這樣嗎！吉田那個傢伙！我就覺得他在進入第二學期之後變得輕浮，態度也囂張許多，果然是這麼回事！

「聽說同班的大場也和一年級的學妹搞上了。」

「真的假的！大場他！」

我轉頭往後看，大場面帶爽朗的笑容對我揮手！混帳————！罪該萬死的非處男————！

男人的貞操可以這麼輕易拋棄嗎！當然可以！我也想要拋棄啊————！

我們從去年就像這樣，一進入第二學期便著手收集認識的人的「夏季體驗」。在夏天脫離處男的人很多是眾所周知的事實，相關資訊對我們這些處男來說更是無論如何都想得到！

因為我們超級好奇哪個傢伙還是處男、哪個傢伙已經在夏天達陣！

根據我們收集的資訊，告別處男的男生比例比去年還要高！同年級的男生已經有不少人都做過了！

對於高中男生來說，有沒有做過可是身分地位的一大指標！非處男看著我們時那種輕視的眼神，真是讓人憤恨不平！

那種「是喔，這個傢伙還不知道女人是怎麼回事」的眼神讓人好火大————！

我趴在桌上抱著頭！

可惡！事情不應該這樣啊！

今年夏天，我原本也可以瀟灑地拋棄貞操才對！沒想到會跑去冥界！哪有高中男生夏天是在地獄度過的！

有！就是我！

而且還在山上被噴火龍追著跑！這種蠢事誰會相信——————！貴重的高二暑假都花在和怪獸賭命，這種事說出來也沒人會信，我也不想說！

說到頭來，夏天的情色事件只有溫泉，其他什麼也沒有！什麼也沒有啊——————！雖然和之前比起來已經是天差地遠，我還是想盡可能往上爬！

和社長初體驗！和朱乃學姊上床！和潔諾薇亞體驗生小孩！

這些在冥界完全沒發生！

所幸松田和元濱在今年夏天也沒有任何體驗。要是被這些傢伙搶先，我一定會去自殺，我是說真的。

「好重的處男味——」

一面「咯咯咯！」嘲笑我們一面走來的是戴著眼鏡的同班女生——桐生。她揚起嘴角，還捏著鼻子。

「桐生！妳是來嘲笑我們的嗎？」

聽到元濱的問題，那個傢伙點頭說道：

「呵呵呵，反正就憑你們幾個，這個夏天一定過得很沒有意義吧。」

「囉嗦！」

「話說回來，兵藤。最近愛西亞偶爾會心不在焉，你知道是為什麼嗎？」

桐生如此問我。

我知道為什麼。應該是迪奧多拉那件事吧。我也覺得愛西亞不太對勁，在課堂上被點到時難得驚慌失措，還曾經把課本拿顛倒。

她本人倒是和其他女同學談天說笑……

愛西亞在班上很受歡迎，無論男女都很喜歡她。一方面當然因為她是美少女，而且光是和她聊天就會受到療癒。

有些男同學找她講話並非對她有意思，而是為了尋求療癒。據說他們想要近距離看著愛西亞得到療癒的心情，比色心還要強烈。

這一點我可以理解。事實上我和愛西亞在一起時，心情確實比較安穩。

愛西亞發現我在看她，於是我對她揮揮手。她隨即露出微笑，但是笑容有些不自然……

嗯——看來她的確很在意。

這個求婚問題該怎麼解決呢。

正當我為此沉思時，桐生一臉奇怪地看著我。

「幹嘛？」

「沒有。只是進入第二學期之後，女生對你的評價稍微好了一點。」

——！真的假的！不過這是為什麼？

「你的臉上多了幾分剛毅，而且就連我也看得出你的體格變得強壯許多。還有女生說你有種狂野的感覺。」

嗯——是喔。我摸摸自己的臉加以確認。我知道自己的體格變好。畢竟在山上和噴火龍生活了一陣子，體格自然會變好。那段期間的生活又那麼原始。

不過狂野啊。原來如此，呵呵呵，有在注意的人就會懂。該怎麼說，這個夏天讓我的魅力大增，開始吸引女生了嗎？

「呵呵呵，因為我有在鍛鍊。也就是說，我在夏天也有所成長。」

看我摸著下巴露出酷勁十足的笑容，桐生的雙肩垮了下去：

「……如果不要這樣得意忘形就好了。」

怎、怎麼了，幹嘛那麼失望……真搞不懂。

「喂、喂！不得了了！」

突然班上的一個男生急急忙忙衝進教室裡。怎麼了怎麼了？

那個傢伙從朋友手上接過礦泉水喝了一大口，稍微平復一下心情之後，以全班同學都聽得到的音量大聲宣布：

「有轉學生要來我們班！是女生！」

隔了一拍——

「咦咦咦咦咦咦咦咦咦咦咦咦咦咦咦咦咦咦咦咦咦！」

班上所有人都發出驚訝的聲音！

「呃——在這個時期或許不是很常見，不過我們班來了一名新同學。」

老師這番話讓大家興奮不已。

男生的情緒更是高漲到莫名其妙！誰叫轉學生是女生！我們的情緒當然會變得亢奮！

女生一方面很受不了男生的反應，另一方面又和我們一樣充滿好奇。

「那麼，請進。」

在老師的出聲催促之下，轉學生走進教室——

「喔喔喔喔喔喔喔喔喔喔喔喔喔喔！」

男同學發出陣歡呼聲。

教室裡出現一名棕髮雙馬尾的美少女。

然而對我而言，驚訝更勝於開心，嚇到眼珠快要蹦出來。

仔細一看，愛西亞的反應也和我一樣，潔諾薇亞甚至雙眼圓睜、目瞪口呆。

這還用說！這、這個女孩突然像這樣現身，和她有關的人當然會嚇到！

棕髮轉學生深深鞠躬，笑容可掬地自我介紹。

脖子掛著閃閃發亮的十字架，髮型和以前不同綁成雙馬尾，不過絕對是她不會有錯！

「我叫紫藤伊莉娜。請大家多多指教！」

沒錯，就是在夏天之前的王者之劍搶奪事件時和潔諾薇亞一起來日本的紫藤伊莉娜！

—○●○—

「過來一下。」

下課時間，正當伊莉娜遭到男女同學的提問攻勢時，我、愛西亞、潔諾薇亞三個人拉著她的手，連忙將她帶到沒有其他人的地方。

紫藤伊莉娜，基本上算是我的青梅竹馬。她小時候就搬家到國外，在那裡接受教會的洗禮，成為新教會專屬的聖劍士。

之前教會保管的王者之劍曾經被墮天使的幹部搶走，她也在那次事件和潔諾薇亞一起來到日本。

當時潔諾薇亞知道神的真相，自暴自棄變成惡魔留在日本，至於伊莉娜則是直接回到原本的歸宿。

在那之後我們就沒有見面……真沒想到居然會這樣重逢……

哎呀——我真的嚇了一跳。也太突然了。她該不會是敵人吧？畢竟三大勢力已經締結和平協定。那、那麼伊莉娜為什麼會來這裡——

「好久不見了～一誠，還有潔諾薇亞！」

伊莉娜猛然撲向潔諾薇亞抱住她：

「潔諾薇亞！看妳這麼有精神真是太好了！立場上雖然有點複雜，但是我真的為妳感到高興！」

「是啊，好久不見了，伊莉娜。妳好像也很有精神。伊莉娜胸前的十字架一點一滴地帶給我傷害，這是天譴嗎……」

前聖劍搭檔的重逢啊。潔諾薇亞也露出笑容。

好了，接下來該從何問起？正當我如此猶豫時，潔諾薇亞開口：

「妳為什麼會來這裡？」

嗯，好個單純又能夠問盡一切的問題。

「我是奉米迦勒大人之命轉學到這裡來當使者。詳情等到放學之後再說。地點就選在有名的舊校舍吧？」

伊莉娜如此說道，可愛地眨眨眼。

我用手機寫信詢問社長：『紫藤伊莉娜來到這裡，妳知道嗎？』結果社長回我：『是啊，好像是臨時決定的。放學之後會再向大家詳細介紹，在那之前你先陪陪她吧。原則上她還是轉學生。』

這樣啊，社長知道。這也很正常。這裡是社長的根據地，沒有事先聯絡過她，伊莉娜也無法擅自進來這裡。

好，就等到放學吧。

「紫藤伊莉娜，歡迎妳來到這所學校。」

放學後的社辦。神祕學研究社全體社員、阿撒塞勒老師、蒼那會長都來到這裡迎接伊莉娜。題外話，小貓坐在我的腿上。這裡快要變成她的固定位置了。

「是的！各位！初次見面——的人固然是有，但是多半都是曾經見面的人。我叫紫藤伊莉娜！我是以教會——不，是以天使方面的使者的身分來到駒王學園！」

啪啪啪。社員們鼓掌歡迎她。

聽說她是天界方面派遣過來的支援人員。仔細想想，這裡只有惡魔和墮天使，確實是沒有天使。

不過原則上天界還是有支援我們。

伊莉娜開始說些「感謝主～」、「偉大的米迦勒大人——」等等的話。大家一面苦笑一面聽她說。

她依然是個信仰堅定的女孩……我有件事想向潔諾薇亞確認，湊到她的耳邊輕聲說道：

（那、那個，潔諾薇亞。）

（怎麼了？幹嘛這麼小聲。）

（伊莉娜不知道神不在吧？）

（至少在和我分開時應該還不知道。）

我想也是。

這樣好嗎？我們大家都知道神已經死了。如果她知道這件事應該會大受打擊，事情會變得很嚴重吧？

然而老師也不理會我的操心，毫不在意地問道：

「妳應該知道『聖經記載的神』已經死了吧？」

「老、老師——！劈頭就這樣問不好吧！」

聽到我的吐嘈，老師只是嘆了口氣：

「白痴啊。她會來到這裡，就表示包括這些真相在內她都知道，並且有任務在身。這附近是三大勢力的合作範圍裡，被視為最重要的地點之一。既然有相關人士來到這裡，就表示是具備相當程度的知識才會踏上這塊土地。」

伊莉娜點頭同意老師的話：

「那當然，墮天使的總督先生。放心吧，一誠。我已經知道主不在了。」

真的假的。那麼我們這麼操心豈不是蠢斃了！

「沒想到伊莉娜這麼堅強。妳的信仰那麼虔誠，竟然可以在沒有遭受任何打擊的狀態來到這裡。」

潔諾薇亞如此說完之後，隔了一拍，伊莉娜的雙眼冒出大量的淚水！

她湊到潔諾薇亞面前大喊：

「我當然是大受打擊啊————！心靈支柱！世界中心！萬物之父已經死了————！我可是一路走來一直相信一切教義之人，米迦勒大人告訴我真相時受到超大的打擊，當時的衝擊害我整整躺了七天七夜————！啊啊啊啊啊啊，主啊！」

啊——她趴到桌上嚎啕大哭了。說、說得也是，對於虔誠的信徒而言，神已死可不是衝擊兩個字可以形容。我們家原則上沒有信仰什麼宗教，對於這方面不是很清楚，但是愛西亞得知這件事時，也是差點沒暈過去。

「我了解。」

「我懂。」

愛西亞和潔諾薇亞也用力點頭，溫柔地對伊莉娜開口。

她們三個緊緊抱在一起。愛西亞和潔諾薇亞至今還是保持對神祈禱的習慣。我想她們現在還是很感謝神吧。

「愛西亞！之前我還叫妳魔女，真是非常抱歉！潔諾薇亞也是，我在跟妳分開時也說了很過分的話！對不起！」

愛西亞和潔諾薇亞對於伊莉娜的賠罪都是微笑以對。

「我沒放在心上。我們都是敬愛主的同伴，希望今後可以好好相處。」

「我也是。那件事我也有錯，誰叫我要做出這種自暴自棄的事，突然就說要轉生成惡魔。不過可以像這樣重逢，我真的很高興。」

「喔，主啊！」

她們三個開始祈禱了……這樣可以當作她們和解了吧？雖然發生過不少事，但是她們之間的芥蒂能夠化解，我也很高興。大家帶著笑容相處是最好的。

這或許是教會三人組誕生的瞬間吧。雖然其中有兩個是惡魔……

「所以可以把妳當成米迦勒的使者囉？」

對於阿撒塞勒老師的確認，伊莉娜也點頭回應：

「是的，阿撒塞勒大人。米迦勒大人正因為這裡沒有任何一個天使方面的使者感到煩惱。大人覺得現場沒有我們的人員是個問題。」

「是啊，米迦勒確實這麼說過。天界、冥界的力量都對這個地方產生相當的作用，但是實際上在現場行動的只有莉雅絲以及蒼那．西迪雙方的眷屬，還有包含我在內的少數人。雖然說只有這些人手已經很夠了，但是米迦勒那個老實的傢伙，說什麼天界方面也應該有人員在現場行動，所以要特別派人。明明天界對這裡的支援早已超越濫好人的等級。我跟他說過不用，但是他說這樣不行，硬是要派人過來，因此來到這裡的就是這個傢伙。」

老師一邊嘆氣一邊說明。

是喔，原來是這麼回事。畢竟這裡只有惡魔和墮天使，派一、兩個天使過來也不奇怪。不過社長的根據地裡，成員也越來越多了。明明一開始只有幾個惡魔，現在卻連墮天使和教會的信徒也混了進來，有說有笑的。

人生還真是不知道會發生什麼事。

社長一開始的心情也很複雜，但是一方面心想「應該可以學到不少東西」再加上魔王陛下把這個地方交給她負責，更讓她覺得「這是很榮譽的工作」燃起責任心。

伊莉娜忽然站起來，擺出祈禱的姿勢——然後她的身體發出耀眼的光芒，背上「啪！」

一下子冒出白色羽翼！

喔喔喔！簡直就像天使！應該說她變成天使嗎！

所有人都大吃一驚，只有老師摸摸下巴，冷靜地詢問伊莉娜：

「——妳叫紫藤伊莉娜吧。妳天使化了嗎？」

「天使化？有這種現象嗎？」

老師聳聳肩面對我的問題：

「不，目前為止沒有實際發生。但是天界和冥界的科學家討論過相關的理論……」

老師瞇起眼睛像是在沉思，而伊莉娜承認他的說法：

「是的。我接受米迦勒大人的祝福，變成轉生天使。聽說這是在各位熾天使大人借用惡魔和墮天使使用的技術之後得以實現的。」

有這種事！原來三大勢力的合作已經進行到這種地步了。聽說在神消失之後，也不會再誕生天使，如此一來儘管是轉生天使，但是天使的數量也可以繼續增加了。

不過伊莉娜變成天使了。惡魔、墮天使、天使在此齊聚一堂了。

伊莉娜繼續說道：

「四大熾天使，再加上其他熾天使成員總共十位，能夠仿效撲克牌，配置A到Q等十二個稱為『神聖使者(brave saint)』的部下。撲克牌中K的角色則是身為主人的天使大人。」

老師似乎對伊莉娜的話很感興趣。這個人真的很喜歡技術方面的話題。

「原來如此，是『惡魔棋子(evil piece)』的技術啊。八成是應用了那個和墮天使的人工神器(sacred gear)技術吧。真是的，才教給天界的那些傢伙就開發出這麼有趣的東西。惡魔用西洋棋，天使就用撲克牌啊。好吧，撲克牌原本就帶有『王牌』的含意。神死之後無法增加純正的天使，所以像這樣增加轉生天使，也能夠強化他們的戰力。」

原來他們創造了天使版「惡魔棋子(evil piece)」。現在的技術連這個都辦得到。

「照這個系統看來，暗地裡可能還有稱為鬼牌的強者存在。十二個部下也是仿效十二使徒的形式吧。真是的，那個天使長大人真是會找樂子。」

老師忍不住笑了。這位墮天使總督大人真的很喜歡預測事情表面以外的部分。

「那麼伊莉娜是哪張牌？」

我好奇地詢問伊莉娜，她抬頭挺胸自豪地說道：

「我是A！呵呵呵，我得到米迦勒大人的王牌天使這個光榮的位置！現在就算死了也無所謂！雖然主已經不在了，但是我能以米迦勒大人的王牌身分活下去就足夠了————」

喔喔，她的眼睛閃閃發亮！啊，左手手背上還有「A」的字樣！

「啊——所以米迦勒先生就是妳新的精神支柱囉。」

我一邊嘆氣一邊喃喃自語，潔諾薇亞也在一旁搭話：

「嗯。總比迷失自己來得好吧。」

好吧，這麼說也對。與其因為神不在而迷失自己，不如在新的主人身邊賣力工作，更能夠向前邁進。

伊莉娜開心地對我們說道：

「而且米迦勒大人還說未來考慮舉辦『惡魔棋子（evil piece）』和『神聖使者（brave saint）』的遊戲，當作是惡魔的排名遊戲另一種延伸！目前這還是只有熾天使能夠擁有的力量，但是將來可能會賜予熾天使以外的上位天使使用這套系統的權力，讓天使也能像惡魔的排名遊戲那樣，在彼此競爭當中變強！」

遊戲！而且還對上天使！「惡魔棋子（evil piece）」和「神聖使者（brave saint）」兩個系統之間的對決嗎！

我們社員還在驚訝，老師卻自顧自地感到佩服：

「天使和惡魔當中也有不少對高層的決定提出異議的傢伙。畢竟是長年以來爭執的對象，突然要他們握手言和當然會有不滿。不過米迦勒真是深思熟慮，像這樣準備替代戰爭，能讓他們透過競技發洩彼此的鬱悶。就像人類世界的世界盃、奧運那樣吧。」

讓心懷不滿的人發洩鬱悶的比賽啊。嗯——因為進入合作狀態，各勢力也採取了各種新政策呢……這個部分還真是複雜。

「那麼我們吉蒙里眷屬也有可能和天使的遊戲系統對戰嗎？」

聽到我的問題，老師歪著頭說道：

「未來的確有這個可能。話雖如此，也不是立刻就會發生的事。至少也要過個十年……說不定要等到二十年後。不過到時候也差不多是你們這批新進惡魔培養出一定實力的時期，應該會很有看頭吧。」

二、二十年後嗎……還真是好久以後的事。原則上惡魔和天使都很長壽。

「看樣子值得期待。」

蒼那會長的語氣雖然冷靜，但似乎對此很感興趣。

「好像很有趣呢。」

木場也是一副興致勃勃的樣子。我們眷屬的王牌好像很開心。

「我、我害怕教會……」

加斯帕一副心情很複雜的模樣。也對，聽說教會目前還在獵殺吸血鬼。畢竟他們沒有和吸血鬼締結和議。

三大勢力簽訂協約之後，教會的每個教派表面上的傳教活動還是和之前一樣，但是背地裡則是和惡魔、墮天使多方合作，便宜行事。

聽說三大勢力還組織專門的取締小組，避免因為合作產生新的弊端。

我們和西迪眷屬似乎也有這種取締權限。也就是說，三大勢力裡如果出現行跡可疑的人，我們可以逕自逮捕。若是可以，我實在不想碰上這種事。大家好不容易才決定好好相處，攜手合作了……

還是和平最好。

不過儘管冒出什麼「神聖使者(brave saint)」，所幸暫時應該不至於對排名遊戲產生什麼影響。目前光是對付新生代的上級惡魔就很吃力了。

「這個部分的話題到此結束吧，今天來舉辦紫藤伊莉娜的歡迎會。」

蒼那會長笑著說道。

伊莉娜也再次環視大家：

「各位惡魔！我之前一直視各位為敵、消滅了你們不少同胞！但是米迦勒大人說過：『今後要和他們好好相處喔？』所以我也想和各位好好相處！其實我個人之前就一直很想和大家當好朋友！我會以教會代表的身分加油的！還請各位多多指教！」

雖然事情經過有點複雜，不過伊莉娜也成為駒王學園的夥伴。

之後學生會的成員也來到這裡，一起為伊莉娜舉辦歡迎會。

—○●○—

伊莉娜轉學過來過了幾天——

「我我我！我要參加借物賽跑——！」

朝氣十足的伊莉娜舉手表示。

她已經融入班上了。多虧她天生的開朗，不分男女都很喜歡她。

我們正在開班會。目前進行到決定運動會時誰要參加什麼項目的部分。

……唉。

我則是趴在桌上嘆氣。

伊莉娜也住進我家。住進在暑假時變成地上六層、地下三層的兵藤豪宅。

神祕學研究社的成員幾乎都搬來了，現在連伊莉娜也住進來。

反正空間很大，多一、兩個人也沒什麼差別，但是我最近才發現，家裡的女性比例越高，意外地越讓我無地自容。

除了媽媽以外都是美少女！對於高中男生而言真是理想的居住環境！

我一開始也是這麼想，然而現實沒有那麼美好。俗話說「三個女人就成了菜市場」真的一點都沒錯，讓我連想插話都沒辦法……

比方說愛西亞、潔諾薇亞、伊莉娜三個人聚在一起聊女生的話題，像這個時候我就超難插話！如果在這種情況再加進一個小貓，更是完全沒有我能接觸的空間！

只有我一個男生耶？我應該說什麼才好？電玩？漫畫？原本只是個好色男生的我就算和一群女生在一起也無話可說！

如果我覺得寂寞跑去找兩位大姊姊，就會發現社長和朱乃學姊也在聊大姊姊版的女生話題！在這種情況下我即使突然喊著「社長～～」、「朱乃學姊～～」跑去找她們撒嬌，想要參與其中，也只是讓自己更空虛！

嗚喔喔喔喔喔喔喔喔喔喔喔喔喔喔喔喔喔喔喔！

我好震驚！原來我沒用到連這種事都做不好！

這樣的我還想當什麼後宮王！這讓我再次體會我這個人有多麼沒用！

後宮可是要同時應付好幾個女生！才這麼幾個就陷入苦戰還得了！

可是我根本不知道該說什麼才好————！我是不是應該去研究女生的衣服品牌來加入話題！還是去找幾間時髦的店家再告訴她們！

我不知道————！我不知道要和女生聊什麼才好————！

感覺我不受女生歡迎的原因好像就在這裡，讓我大受打擊！

……不過家裡的生活並非全是這樣，所以也沒關係。平常大家都相處得很融洽，只是女生有女生自己的生活，不要想太多……

而且偶爾也會有些色色的事件啦。但是這個時候又可能會引發女人之間的戰爭，所以有點可怕……

咦？奇怪，我明明過著理想的生活，卻好像在為此煩惱？

……難道說後宮就是這麼辛苦嗎……？

嗚嗚，身在冥界的坦尼大叔，我正在趁年輕時煩惱受苦。

「兵藤。」

桐生忽然叫了我一聲。那個傢伙站在黑板前面，寫下運動會的比賽項目人選。

「你的腋下破了一個洞。」

「咦，真的嗎？」

聽到桐生的話，我看向自己襯衫的腋下——等到我意會過來已經太遲。

因為我為了確認腋下而舉手！當然，那裡沒有破洞！

「好！決定了！」

她用粉筆在黑板上寫下我的名字！

「嗚哇！桐生，妳竟敢騙我！」

中計了！都怪我想事情想得太出神，才會讓她有機可乘！

我出言抱怨，但她只是奸笑！

「你要參加的是兩人三腳。搭檔是——」

桐生的粉筆指向某個女同學。對方是——

戰戰兢兢地舉著手，似乎很不好意思的愛西亞！

「你就和愛西亞一起參加兩人三腳吧！」

就是這樣，我和愛西亞在桐生的設計之下成為參加兩人三腳的拍檔。

—○●○—

從隔天開始，全體學生都在練習運動會的項目。

我們班也換上體育服，男女一起在運動場上練習比賽項目。

「我們來比賽吧，潔諾薇亞！」

「正合我意，伊莉娜！」

伊莉娜和潔諾薇亞在場上賽跑，班上的同學也在大聲幫她們加油。

真是的，這是怎樣……話說回來，她們兩個也太快了————！簡直就是在場上狂飆！

不愧是惡魔和天使，這下我們班只論女生應該是穩贏的吧。能夠和她們對抗的，頂多只有學生會——西迪眷屬的幾個同年級女生。

「……不過她們動得那麼快，實在很難掌握胸部的動態。」

「就是說啊。」

「若想觀察運動時的晃動，果然還是要在適當的速度。」

就像這樣，我、松田、元濱，三個好色男生正在觀察女生跑步時胸部的晃動。

無論大小，女生跑步時就是會晃動，真是叫人目不轉睛！體育服超棒！

伊莉娜雖然苗條，但是也算是頗為豐滿。這麼說來，她穿著那套緊身皮衣式的戰鬥服時也是凹凸有致。只有這點我記得特別清楚。

這時有人跑來找我說話。

「喔，兵藤。」

「啊，是比啊。」

比的手上拿著皮尺等測量工具。

「你在幹什麼？」

「觀察晃動的胸部。」

「你、你還真是沒變。」

比嘆了口氣。嗯？比那個傢伙右手包著繃帶，受傷了嗎？

「你怎麼包繃帶？」

「嗯？喔喔，這個啊。」

他稍微拉開繃帶——底下的手臂有好幾道像是黑蛇的瘀青。

「……這是怎麼了？」

我訝異地發問，於是匙回答：

「我問過阿撒塞勒老師，他說是因為之前在遊戲中和你對決的緣故。好像是因為我用龍脈（line）連接達到禁手（balance breaker）的赤龍帝神器（sacred gear）又吸你的血，對我的身體和神器（sacred gear）都造成影響。我所切斷的龍脈得到赤龍帝的情報，似乎也反映在我的身上。」

「真的假的。這樣很糟糕嗎？」

「不，好像不是什麼不良的影響。只是有些出現在身體上的表徵。嗯——比方說這個。」

匙讓我看他手上有如寶玉的小東西。我直覺認為那是寶玉……不過應該就是寶玉吧。和我、瓦利、老師手上的龍系神器（sacred gear）的寶玉長得一模一樣。

「……你不會是被詛咒了吧？」

此話一出，立刻換來匙滿心厭惡的表情：

「嗚哇，你不要把我最擔心的事情說出來好嗎……弗栗多留下來的傳說，都不是什麼好事耶？」

匙重新振作，問了別的話題：

「話說兵藤要參加什麼項目？」

「我和愛西亞一起參加兩人三腳。」

「唔！你這個傢伙還是一樣叫人羨慕！我是吃麵包賽跑。」

喔——吃麵包啊。那個項目好像也很好玩，不過我還是要和愛西亞相親相愛跑到最後。

正當匙在羨慕我時，來了兩個戴眼鏡的女生。

「匙，你在這裡做什麼？我們還要去檢查設置帳棚的地方，快點過來。」

「我們學生會的男生原本就很少了，請你好好工作。」

是蒼那會長，還有副會長真羅學姊在叫他。喔喔，兩位的眼鏡都閃了一下。

「是、是的，會長！副會長！」

匙連忙回到兩人身邊。

會長和副會長好像都很嚴肅……說到眼鏡，在冥界見過的阿加雷斯家繼任宗主，也是個性冷酷——又戴著眼鏡。戴眼鏡的惡魔好像多半都是態度平淡，個性冷靜？

匙對我揮揮手，便和會長、副會長一起走向運動場的角落。

『——弗栗多啊。』

嗯？德萊格怎麼了？

『不，你不用在意。但是看來是因為和我直接接觸，因而急速提早了。看來即使被切成好幾段導致靈魂變得稀薄，只要有適當的契機，一切又另當別論。』

所以說我聽不懂你在說什麼。

『法夫納和弗栗多近在身邊，又和坦尼見面，看來這次的宿主和各個龍王都很有緣。』

嗯——德萊格好像進入自己的世界了。

「愛西亞！妳的胸部有沒有趁著暑假長大啊～～？」

「呀！桐生同學！請、請不要揉～～」

……啊，情色眼鏡女在性騷擾愛西亞。那個傢伙真是的，每次只要我一不注意，就會去性騷擾愛西亞……晚點再罵罵她。愛西亞會被她害得越來越色！光是社長和朱乃學姊的影響就已經讓她對那方面的事很有興趣了……

好吧，我和愛西亞也差不多該開始練習了。

我從準備給各班使用的比賽道具裡拿出兩人三腳用的繩子。

「愛西亞——！我們來練習吧！」

「好、好的！」

愛西亞先對正在捉弄她的桐生低頭示意，然後立刻跑到我身邊。

已經有同班的男女搭檔開始練習。唉，跑得好的人的確很順利，但是默契不佳好像會很慘。男生女生靠在一起，兩邊看起來都很不好意思。

我和愛西亞也緊緊靠在一起，拿繩子把腳踝綁住。

「好，我們開始練習吧，愛西亞！」

我在地上踏了幾下，伸手環住愛西亞的腰，做好準備。

「好、好的！」

愛西亞儘管不好意思，也伸手摟住我的腰。

嗯——愛西亞就在我身邊，她的頭髮散發好香的味道……大概是因為我們緊貼在一起的關係，愛西亞柔軟的身體更是……

不行不行！我得屏除雜念！她可是愛西亞！自律自律！

我重新調整呼吸，和愛西亞彼此點頭示意，然後向前踏出一步。

「預備——一、二——」

我們一面喊出聲音，一面起跑——

絆了一下，失去平衡！

「嗚喔！」

「呀啊！」

眼看著愛西亞快要跌倒，我連忙抓住她，讓她重新站好！

「……嗯、嗯——看來我應該要配合愛西亞。」

如此心想的我無意看向愛西亞，發現她滿臉通紅，好像在忍耐什麼。奇怪？怎麼了？嗯？總覺得我的右手有種非常柔軟的觸感——等等，我的手正在揉愛西亞的胸部——！

這、這樣啊，剛才愛西亞差點跌倒時，我情急之下抓住的地方就是她的胸部！

嗯嗯，感覺質量好像又增加了——！

不、不對，我不可以繼續享受這種觸感！趕緊放開愛西亞的胸部！

「抱、抱歉！我不是故意的！」

我趕緊道歉！怎麼會這樣！嘴巴說著要好好珍惜愛西亞，我卻揉了她的胸部！不過愛西亞的胸部觸感也好棒喔——！

「……沒、沒關係，我不介意。可、可是，要摸時請先告訴我一聲……我也需要作好心理準備……」

先告訴妳一聲就ＯＫ嗎！不、不對！不是這樣！我不是故意要摸的——！

在自我厭惡與性慾的夾攻之下，我極度苦惱，但又不能一直這樣下去。我再次調整呼吸然後開口：

「總、總之我們繼續練習吧。」

「好、好的。可是，不好意思，我不太擅長運動。」

愛西亞有些洩氣。

「沒關係。重要的是我們得彼此配合，培養搭檔默契。」

「搭、搭檔默契？」

愛西亞可愛地歪頭發問。嗯，為什麼她的每個行動都這麼可愛！

「沒錯，搭檔默契。我們先一起喊出聲音，一步一步往前走吧。先習慣這些之後再練習用跑的。」

「好的。」

沒錯，就像我的訓練一樣，一點一點累積就夠了。只要持續進行一定會有什麼收穫。這是毫無天分的我一路走來學習到的事。

「那麼再來一次！」

「好！」

就是這樣，我們先從配合彼此的動作步行開始練習。

—○●○—

當天放學後。

我和愛西亞、潔諾薇亞、伊莉娜一起來到社辦。

社長和其他社員都已經先到了，只不過一臉嚴肅。

嗯？怎麼了嗎？

「有什麼事嗎？」

我這麼一問，社長便說：

「嗯，新生代惡魔的排名遊戲，我們的下一個對手出來了。」

喔——已經決定啦。以吉蒙里對決西迪之戰為開端，六家之間進行遊戲。吉蒙里也要和西迪以外的其他世家戰鬥。

我沒有特別吃驚，然而社長的下一句話讓我理解到社員們為什麼是那種反應。

「下一個對手是——迪奧多拉·阿斯塔蒂。」

「——！」

聽到這個只會讓人覺得是個糟透了的玩笑的對戰組合，我也不禁啞口無言。

Life.2 愛西亞的心事

「一、二、三、四，一、二、三、四。」

這天我和愛西亞也是從早就穿著體育服練習兩人三腳。潔諾薇亞也來陪我們練習。最近我們一直在晨練。

地點是體育館後面。

比起剛開始練習那天，我們的表現已經好很多了。差不多可以發揮競走等級的速度。

「啊嗚！一、二！啊嗚嗚！三、四！」

愛西亞也為了不落後，拚命跟著我。

最重要的果然還是每天練習。只要一點一滴不斷努力，無論做什麼事情都可以一步一步前進。呵呵呵，經過社長、老師、龍大叔的操練，我已經很了解這一點。

「好，感覺很不錯。那麼你們試著照正式比賽那樣跑一次看看吧。」

潔諾薇亞一面幫我們綁好繩子一面說道。

我無意間看向愛西亞——她的表情籠罩一絲陰霾。

「…………」

嗯？愛西亞好像有點苦惱？……好吧，我們接下來的對手可是迪奧多拉。這件事決定之後，愛西亞好像更煩惱了。

「愛西亞，妳在想什麼，說出來聽聽吧。」

聽到我的提議，愛西亞先是顯得困惑，但是稍微想了一下之後開口：

「……我不後悔那個時候救了他。」

愛西亞還在教會時，救過一個受傷的惡魔。她因為這件事被當成異端，失去棲身之處，經歷許多傷心的遭遇。

她當時所救的惡魔——正是迪奧多拉。我們還不知道那個傢伙是因為什麼緣由，出現在那裡遇見愛西亞。

但是愛西亞救了他，是出自她的善良。這我不怪她，也不可能怪她。愛西亞是好孩子。

救了迪奧多拉，讓愛西亞的人生出現一百八十度的轉變，但是她現在像這樣和我們一起過得很開心，也是事實。

可是我不禁這麼想——如果愛西亞依然能夠以聖女的身分生活，會不會過得比現在還要幸福？

——和我們在一起，是否比還是聖女時開心？

我偶爾會有這樣的想法。以現況來說，這應該是辦得到的事——

——只要拜託米迦勒先生，或許能夠讓愛西亞再次以聖女的身分回到原本的地方吧？

不，愛西亞的力量好像會影響神遺留下來的「系統」，或許無法回到教會本部以及相關設施，也就是天界管理的部分吧。

不過或許可以回到接近過往生活的狀態。

如果我這麼說，愛西亞會選擇哪一邊？我因為害怕不敢發問。

因為我不想失去愛西亞——

這是我的任性。要是我對社長說要這麼做，或許是可行的。

如果這是最好的選擇，那麼……我只是個任性的王八蛋。

我不願想像現在的生活少了愛西亞會怎麼樣……

「……一誠先生？」

愛西亞探頭看著我的臉。

「你的表情好複雜……看起來好像很傷心……」

「……吶，愛西亞。如果能回到從前的生活，妳會怎麼做？」

「——」

愛西亞驚訝得瞪大眼睛。

……我是個笨蛋，忍不住就問了。明知道發問可能會失去她，可是因為我希望愛西亞能夠幸福，才會……

儘管心中忐忑不安，我也已經有所覺悟。緊握的雙手瘋狂冒汗。

然而愛西亞的回答是——

「我不會回去。」

她的臉上帶著笑容，笑容當中沒有任何猶豫。

「之前我曾經問過一誠先生：『我可以一直待在一誠先生身邊嗎？』一誠先生也說：

『可以啊。』」

——啊。

在對抗菲尼克斯家一戰之前，我們的確有過這段對話。

「我喜歡這裡，我喜歡這所駒王學園，也喜歡神祕學研究社。社長、朱乃學姊、老師、木場同學、潔諾薇亞、小貓、加斯帕、伊莉娜同學、桐生同學，我都喜歡。還有——一誠先生，和一誠先生的爸媽我也很喜歡。在這裡開始的新生活，對我來說真的非常寶貴、非常重要，充滿許多我非常喜歡的事，十分美好。每天我都過得很開心。能和大家一起生活，我非常幸福。」

愛西亞……

我……真的是個大笨蛋。我明明知道她很享受現在的生活。明知如此，為什麼我……還會問那種笨問題！

我抱住愛西亞的肩膀說道：

「沒錯，我和愛西亞會一直在一起！我不會讓妳出嫁的！愛西亞，關於迪奧多拉的事妳不用想太多。無論怎麼樣，只要妳不願意就說不願意喔？」

我的這番話讓愛西亞先是一愣，然後立刻露出笑容。

「是的。」

接著是潔諾薇亞帶著苦惱的表情開口：

「……愛西亞，我想鄭重地再次向妳道歉。第一次見面時，我對愛西亞說了很過分的話。直到現在我還是很後悔……愛西亞願意和我好好相處，願意當我是朋、朋、朋友……」

喔喔，潔諾薇亞難得滿臉通紅。

愛西亞牽起潔諾薇亞的手，笑容滿面地說道：

「是的，我和潔諾薇亞是朋友。」

毫不矯飾、落落大方的發言，讓潔諾薇亞稍微溼了眼眶：

「謝謝。謝謝妳，愛西亞。」

嗯嗯。總覺得連我也感動到快哭了。愛西亞真是善良，簡直是我的驕傲！

「嗚————！真是一段佳話……」

在這個感人的場面響起嗚咽聲。我看向聲音傳來的方向——是伊莉娜。

「伊莉娜啊。妳也來了？」

「嗚嗚，是啊，潔諾薇亞找我過來……她說清晨的駒王學園也很棒。結果我一來就看見美好的友情，這也是主和米迦勒大人的指引吧……」

心懷感動的伊莉娜對天祈禱。

「對了，妳不屬於神祕學研究社吧？」

我這麼一問，伊莉娜擦乾眼淚轉換心情，笑容滿面地豎起拇指：

「是啊，我決定參加其他的社團，而且還要自己創立社團！」

「喔——妳要自己創社啊。那麼社團名稱和活動內容是什麼？」

伊莉娜抬頭挺胸，大方地宣告：

「呵呵呵，聽了你肯定會嚇一跳！名稱就叫『紫藤伊莉娜之愛的救濟社』！活動內容很簡單！就是拯救學園裡遇到問題的人，而且不求回報！啊啊，信仰堅定的我要為了主、為了米迦勒大人、為了罪孽深重的異教徒們散播大愛！」

她擺出怪異的姿勢對天祈禱。唉，她又開始兩眼發亮了。

話說她實在很不會取名字。聽起來讓人一點都不想找這個社團幫忙。

「……呃，嗯，該怎麼說，加油吧。」

我隨口附和伊莉娜。她用力拍了一下胸口：

「包在我身上！當然，在神祕學研究社遇到危險時，我也會去幫助各位！這次莉雅絲也拜託我，請我協助神祕學研究社練習社團對抗賽跑呢！」

喔，運動會時會加入我們社團啊。

「順便問一下，社員有幾個？」

「目前只有我一個！也因為這樣只能算是同好會，正式活動與營運資金都受到限制。所以要先從說服蒼那會長開始才行。」

這下麻煩，那名會長很嚴格的。副會長也很嚴格。

想要正式成立，應該會花上很多時間吧。

「總之我的名字暫時掛在神祕學研究社底下。」

這不就表示妳幾乎是神祕學研究社的社員嗎！不，我還是別吐嘈吧。

算了，我重振心情說道：

「這件事就先這樣，繼續練習吧。」

潔諾薇亞和伊莉娜也加入兩人三腳的行列，重新開始練習。

「呼──我、我有點累了。」

愛西亞一邊拉起體育服搧風，一邊喘氣。也對，我們從一大早跑到現在也滿久了。

這是運動場角落的體育用具倉庫。我們為了收拾練習時使用的劃線器而來到這裡。

大概是因為我很習慣跑步，這點練習對我來說在體力方面不算什麼，但是為了顧慮和我一起跑的愛西亞，精神方面的確有點疲憊。時間尚早，距離上課還有一段時間，去社辦休息一下再進教室好了。

我把劃線器推到倉庫裡，正準備離開時──

喀啦喀啦。啪。

這是關門的聲音！我轉頭一看……是潔諾薇亞背對著門，關上倉庫的門。

這、這是怎麼回事……？愛西亞也不知道潔諾薇亞想幹什麼，可愛地歪著頭。

「怎麼了嗎，潔諾薇亞？」

愛西亞如此問道。潔諾薇亞以認真的表情開口：

「愛西亞，這是我聽說的。聽說和我們同年齡的女生，都會在差不多這個時期開始擠胸弄乳的樣子。」

…………

……咦？她剛才說什麼？事情太過突然，我無法相信自己的耳朵。

「擠、擠胸弄乳？」

愛西亞訝異地反問，潔諾薇亞也把話說個清楚：

「就是讓男生玩弄胸部。」

——！

這、這、這個女生是怎麼了！她是從哪裡聽說這種事的！這麼突然！還要關門！而且愛西亞也在！真是的！她還是一樣難以捉摸！真要說來她對「擠胸弄乳」的理解也不太對！

「玩、玩、玩、玩弄胸部……！」

愛西亞的臉蛋紅到不能再紅，還忍不住提高語調！

「潔諾薇亞！妳不要在這種地方突然說出這種話好嗎！」

「一誠，你稍微安靜一下。我有話要先跟愛西亞說，之後才會輪到一誠上場。不好意思，你先到倉庫的角落熱身。接下來才是激烈。」

什麼上場什麼激烈！熱身又是怎樣！現在是要我練習張合雙手嗎！

潔諾薇亞繼續說下去：

「同班女生當中還有人幾乎每天都讓男朋友揉胸部。我做過很多調查。」

妳為什麼要那麼認真詢問、調查這方面的事——！

「愛西亞，我們也應該是時候體驗一下了吧？」

潔諾薇亞把手放在愛西亞肩上，表情認真。

這是怎麼了！事情好像變得有點嚴肅！

「啊、啊嗚嗚嗚！妳、妳突然這麼說，我、我……」

愛西亞也感到困惑！這才是正常反應！

「放心吧。第一次好像會有點癢，不過習慣之後聽說非常舒服。只要擠胸弄乳一下，兩人三腳自然也會更加熟練。」

需要扯到這邊嗎！咦咦咦咦咦咦咦咦咦咦咦咦咦！

「……搭、搭檔默契也會從中而生嗎……」

愛西亞被說服了——！不會吧！這樣真的好嗎，愛西亞！

見愛西亞還在猶豫，潔諾薇亞帶著笑容對她說：

「愛西亞，我們是朋友。」

「是的。」

「所以擠胸弄乳也一起吧。兩個人一起就沒什麼好怕的。」

「……什、什麼？是、是這樣嗎……？」

事情快要談成了！不要用那種話攏絡愛西亞好嗎——！

潔諾薇亞轉頭面向我：

「那麼我們開始吧。我還要順便練習生小孩。」

「等一下！這也太突然了，在這種地方——不，以氣氛來說體育用品倉庫的確是我很嚮往的地方沒有錯！」

罔顧我的不知所措，潔諾薇亞脫掉體育服的上衣。

彈。在胸罩的包覆下依然讓人無法忽視存在的潔諾薇亞胸部現身！

噗！

她瀟灑的脫衣動作讓我噴出鼻血！

雖然不比社長和朱乃學姊，但是潔諾薇亞的胸部也好大！我還來不及浮現這些感想，潔諾薇亞已經把胸罩的鉤子解開。

彈！

少了壓抑之後，完美的胸部呈現在我的眼前〜〜〜！該怎麼說，為什麼我身邊的女生脫起衣服都是如此大膽又完美！不過她的乳頭依然是漂亮的粉紅色！

「除了一誠以外沒有其他男人碰過的胸部。你還記得觸感嗎？」

記得！當時的感動我還珍藏在心中！雖然沒有用手揉，但是觸感真的很柔軟！因為她是個身體結實的女戰士，我原本以為胸部多少也有受到影響，其實一點也不！她的肌膚完美無

瑕又滑嫩！摸起來和棉花糖沒有兩樣！

游泳池用具倉庫那次！那個時候她也是突然說出「和我生孩子吧」朝我發動攻勢！

這個女生就這麼喜歡倉庫嗎！一般來說應該是寢室吧！不，在這種地方是很讓人熱血沸騰沒錯！可是不太正常！

「來，愛西亞也快脫吧。」

潔諾薇亞出聲催促愛西亞！喂——！妳幹嘛抓住愛西亞的體育服準備幫她脫！

「可、可是……我還沒有作好心理準備……」

潔諾薇亞硬是從忸忸怩怩的愛西亞身上剝下體育服——只穿著內衣的愛西亞就此降臨！可愛的胸罩讓我為之感動！

「沒問題的，愛西亞。妳要是不放心，要不要我和一誠先做？看了我和一誠的行為之後妳也能夠理解這是怎麼回事，一定就能拿出勇氣、作好心理準備。」

「呃……可、可是……」

「呵呵呵，我是開玩笑的。果然沒錯，妳也不想被我後來居上吧。」

「我、我不是這個意思……」

「今天可是大好機會，社長和朱乃副社長都不在這裡。能夠和一誠擠胸弄乳的機會，說不定只有現在了。」

「──」

這句話讓愛西亞陷入沉默！嗚嗚，她們的對話已經發展到我聽不懂的方向，我完全跟不上，但是無論如何，潔諾薇亞的裸胸都讓我移不開視線！

啪。

潔諾薇亞悄悄伸出手，解開愛西亞的胸罩───！

「──啊。」

愛西亞滿臉通紅，舉手遮住裸露的胸口！沒錯！正常的女生都是這種反應！潔諾薇亞！妳的胸部彈得過度大方了！不過還是謝謝妳！這真是太棒了！

潔諾薇亞拉著我的手──推了我一下！

「喔哇！」

我被推倒了。在漫天飛舞的灰塵中，我挺起上半身，發覺自己躺在體育軟墊上！

突然有什麼東西壓在我身上！胸部在我眼前晃動！壓在我身上的是潔諾薇亞！

潔諾薇亞拉起我的左手，放到自己的胸部上！

噗嘩！我的鼻血停不下來！

我的手感覺到極具殺傷力的柔軟！我的五指逐漸陷入其中！

觸感稍硬的乳頭正好抵在我的掌心，帶給我難以置信的興奮！喂喂喂喂！這樣我又會達到禁手（balance breaker）的境界啊——！

「一誠先生……我、我不想輸給社長……」

坐到我身旁的愛西亞拉起我的右手，往自己的胸口——

軟！

雖然不及潔諾薇亞，依然存在感十足的愛西亞胸部擠壓我的五指——！

愛西亞——！原來妳已經長得這麼大了！不、不對！

「……嗚……」

一聲嬌喘從潔諾薇亞口中流洩，瞬間麻痺我的腦袋！

「果然自己摸和讓男生來摸，感覺還是有差。那麼一誠，我和愛西亞都準備好了，儘管揉吧。」

即使潔諾薇亞這麼說，愛西亞可是我應該保護的對象！然而我的男人本性卻促使我不知不覺搓揉愛西亞的胸部！

是男人都會揉吧！只要手中有胸部！

社長出現在我腦中！社長——！

其實我更想和社長「擠胸弄乳」，可是碰上這種狀況，我、我——！

喀啦啦啦。

倉庫門突然被拉開。

「……我還在想你們怎麼一直不出來，有點擔心所以過來看看，結果你、你、你、你、你們居然！」

進來的人是伊莉娜！

糟糕！兩個裸露上半身的女生和一個男生！在這種狀態根本無從辯解！

伊莉娜是虔誠的基督徒，大概會大罵「骯髒！」之類的話吧——

「要、要做也到床上！這裡太髒了，不衛生！」

結果此骯髒非彼骯髒。

—○●○—

當天放學後，來到社團活動的時間。

我很想收斂自己的呆臉，但是一大早就遇到那種事，害我一整天都在回想愛西亞和潔諾薇亞的胸部觸感。

愛西亞和潔諾薇亞在旁邊玩黑白棋。今天一整天我都沒有辦法和她們好好講話！

因為胸部的觸感仍然留在我的手上！這樣要怎麼專注在校園生活！我就連上課時間都一

直在想胸部！

潔諾薇亞的胸部很讚，但是愛西亞的也……不行不行！我甩甩頭，想要把雜念甩掉！我要好好珍惜愛西亞！不可以對她動歪腦筋！

可、可是我不禁覺得她長大了也是事實……照這樣成長下去，等我們升上高三時，愛西亞的胸部應該會大到像社長和朱乃學姊那種等級吧？

我曾經聽說，惡魔可以用魔力對自己的體態進行某種程度的調整。難道愛西亞是在無意識間用魔力讓自己的身體成長……？

不不，雖然這是我的妄想……不過這樣也不錯……

「……色心都寫在臉上。」

揪～～～

瞇起眼睛，面無表情的小貓擰我的臉頰。

「好痛，會痛啦，小貓。」

總覺得最近小貓變得和社長一樣嚴厲……

不，基本上還是在我做出色色的行為時才會吐嘈我，最主要的不同是在我和其他女性社員膩在一起時，總覺得她好像會變得不高興。

是我會錯意了嗎？至少我是這麼認為……

「大家都到齊了吧。」

確認所有社員都到齊之後，社長拿出某種儲存媒體：

「這是新生代惡魔的比賽紀錄影像。裡面也有我們和西迪眷屬的部分。」

戰鬥紀錄。沒錯，今天我們要一起看比賽情況。社辦裡也準備了巨大的螢幕。

老師站在巨大螢幕前面說道：

「除了你們以外的新生代惡魔們也進行了遊戲。巴力大王家和魔王阿斯莫德的老家格喇希亞拉波斯家，還有阿加雷斯大公家和魔王別西卜的老家阿斯塔蒂家，也分別在你們的對決之後進行比賽。這就是紀錄比賽實況的影像。你們可要用心看對手的比賽內容啊。」

「是。」

聽到老師的話，大家都認真地點頭。

我很好奇除了我們以外的傢伙比賽內容是怎樣。他們幾乎都是和我們同期的惡魔吧？他們到底進行了怎樣的戰鬥，讓我好奇得不得了。

大家好像有同樣的想法，都把視線投向螢幕。就連坐在我腿上的小貓也是全神貫注。

「首先是塞拉歐格──巴力家對格喇希亞拉波斯家的比賽。」

是塞拉歐格和太保的對決！

紀錄影像開始播放之後幾個小時。能夠看見其他人比賽的那種期待感，在影片開始後立刻消失得無影無蹤。

所有社員的神情都變得凝重，視線也變得極為認真。

我們目睹的是——壓倒性的「力量」。

那個太保和塞拉歐格的單挑。太保完全被壓著打。

眷屬之間的戰鬥已經結束。雙方都擁有力量強大的眷屬，每一場對決都相當精彩，然而問題在於「國王(king)」之間的戰鬥。

在最後關頭失去所有棋子，那個太保——傑發德爾挑釁塞拉歐格，要和他一對一分個高下。塞拉歐格毫不猶豫地接受。

太保使出的所有攻擊全都被塞拉歐格擋下。即使結結實實命中，塞拉歐格也依然像沒事一般對太保做出反擊。

知道自己的攻擊不管用，太保逐漸焦急了起來，失去冷靜。

這時塞拉歐格揮出一拳！

太保張設好幾層防禦術式，但是塞拉歐格銳利的攻擊將其一一打破，刺進他的腹部。

那記攻擊威力大到震盪周遭的空氣，即使是透過影像也看得一清二楚。

太保當場趴倒在地，抱著肚子痛苦不堪。

——塞拉歐格只有使出拳擊和踢腿！

攻擊威力完全是不同層級。太保成功躲過時，攻擊不是打得建築物半毀，就是破壞周圍的景物。

那種攻擊……只要中個一記就會確實造成致命傷吧！

「……人稱兇兒，受人忌避的格喇希亞拉波斯家新繼任宗主也完全應付不了。塞拉歐格‧巴力居然強到這種程度嗎？」

面對驚人的景象，木場也瞇起眼睛，表情凝重。這個傢伙是我們眷屬的王牌，想必他心裡也有什麼想法吧。因為塞拉歐格的速度也不是蓋的，憑我的視力根本無法看出發生什麼事，就連木場偶爾也被他的速度吸引。木場只看影像有辦法跟上他的動作嗎？

光是赤手空拳就有這種表現……加斯帕還抓著我的手一直發抖。你也不用嚇成這樣吧，加斯帕……

「莉雅絲和塞拉歐格，你們身為『國王(king)』卻太喜歡單挑了。原則上『國王(king)』不應該行動，只要派棋子前進一一擊破敵人就好。遊戲中只要『國王(king)』被吃掉就結束了。是不是巴力家的血親都這麼血氣方剛啊。」

老師一邊嘆氣一邊說道，害社長羞紅了臉。的、的確，社長是很喜歡自己向前衝……

「對了，那個太保惡魔的力量大概有多強？」

社長回答我的問題：

「如果比較對象不限這次的六家，他並不算弱。話雖如此，因為上一個繼任宗主意外身亡，他才會以代理的身分參加這次的遊戲……」

朱乃學姊接著說下去：

「在這次的新生代對決之前，遊戲營運委員會所排出的名次是：第一名巴力、第二名阿加雷斯、第三名吉蒙里、第四名阿斯塔蒂、第五名西迪、第六名格喇希亞拉波斯。這是『國王（king）』加上眷屬所計算的平均力量排名。不過在六家各自交手過一次之後，有部分結果被推翻了。」

「但是只有塞拉歐格．巴力的力量特別突出——對吧，社長？」

社長點頭認同我的話：

「是啊，他是個怪物。『一旦正式參加遊戲就可以在短時間內迅速竄升吧？』常可以聽到別人對他做出這樣的評價。反過來說，只要能夠打倒他，我們的名聲也會一口氣飆升。」

原來如此，打倒被評為第一、擁有相應實力的對手，確實可以往上爬……

「他該不會比萊薩還要強吧？」

我不禁提心吊膽地詢問社長。萊薩雖然是不死之身，但也不至於打不倒。不過他依然是個強敵。

「這可能要打過才知道，不過以我偏頗的判斷，還是覺得塞拉歐格比較強。」

不會吧——————！他有那麼強！還沒參加正式遊戲的人也可以強成這樣！

「來，我讓你們看個圖表。這是發給各勢力的資料。」

老師施展術法，在半空中展開立體投影式的圖表。

圖表上出現社長、會長、塞拉歐格等六名新生代惡魔的大頭照，大頭照下方顯示出各項參數，不斷變動向上爬升。

圖表上的文字非常貼心地標註日文。參數分成力量、技巧、支援、法術，這個部分和遊戲選手的類型一樣。還有一個寫著「國王（king）」。

這個項目大概是顯示身為「國王（king）」的資質吧。社長、會長、阿加雷斯小姐都不錯，其中會長目前比社長還高。塞拉歐格則是極高。太保是最低的。

社長的參數當中，以法術——魔力的部分最高，力量也不錯。剩下的技巧、支援兩項則是中上，算是很平均的位置。

然後是——塞拉歐格。

他的支援和法術在新生代當中最低，問題是力量。

力量的圖表不斷向上竄升，都頂到社辦的天花板了！哪有這樣竄升的，太不正常了！雖然極端過頭，不過這也表示他的力量就是如此驚人！

塞拉歐格的力量，比起除了他之外的五人當中力量最高的傑發德爾，足足是好幾倍！

「塞拉歐格在和傑發德爾單挑時，也沒有使出真本事。」

老師如此說道。那樣還不是他的真本事……即使只看力量也已經超越禁手(balance breaker)狀態的我吧？沒有傳說中的龍之類的東西還有辦法這麼強！

「看來塞拉歐格果然也是天才吧。」

無論怎麼看他在體術方面都很傑出。然而老師搖搖頭，否定我的意見：

「不，塞拉歐格可是巴力家有史以來最沒有才能的純血惡魔。巴力家代代相傳的特色之一就是毀滅之力，然而他沒有得到這項天賦。明顯繼承毀滅之力的反而是他的表親，吉蒙里兄妹。」

——還有這種事……

社長的媽媽出身自巴力家，社長和瑟傑克斯陛下因此繼承毀滅之力，但是原本的家系．塞拉歐格卻沒有繼承。這還真是諷刺。

「可是他是新生代最強的耶？」

「因為他做了繼承家傳才能的純血惡魔原本不會做的事，才能超越其他天才。」

「原本不會做的事？」

老師以認真的神情說道：

「——就是極度嚴酷的修煉。塞拉歐格是透過非比尋常的修煉才得到力量，以純血惡魔來說十分罕見。那個傢伙一步一腳印地將自己僅有的肉體鍛鍊到現在這個境界。」

阿撒塞勒老師這番話帶給我震撼。因為我原本以為所謂的上級惡魔、純血惡魔，全都是才華洋溢的惡魔。

社長擁有與生具來的才能。塞拉歐格沒有才能。

緊盯著塞拉歐格的比賽，社長的表情顯得相當複雜。

老師像是在開示我們繼續說下去：

「他從出生就一而再、再而三地在緊要關頭落敗，嘗到敗績。在光鮮亮麗的上級惡魔、純血種世界裡，只有他朝著鮮血淋漓、滿是泥濘的世界邁進。」

正因為如此嗎？因此我才會從他的身上感受到不同於社長和會長的氣息以及自信。

「沒有才能的人獲選為繼任宗主，你們知道這是多麼偉大的壯舉嗎——敗北的屈辱與勝利的喜悅、天與地的差距，知道這些的人都是貨真價實的強者，毫無例外。不過以塞拉歐格來說，還有其他讓他如此強悍的祕密就是了。」

比賽影像結束。

獲勝的是塞拉歐格——巴力家。

最後是格喇希亞拉波斯家的太保躲起來，滿心畏懼地自行認輸，結束這場戰鬥。

太保瑟縮成一團，嚇得放聲大哭。塞拉歐格見狀，似乎沒什麼特別的感覺，就這麼離開現場。

我沒辦法說出「那個太保也太沒用了！」將心裡的感受一笑置之。因為那股壓倒性的震撼力即使透過畫面也能傳達，震懾我們所有人。

我感受到對勝利的執著。塞拉歐格臉上掛著不對任何事物妥協的男人才有的表情。感覺和匙對付我時的表情很像……該說是帶著朝夢想不顧一切往前衝的覺悟而戰嗎？總之我有這種感覺。

影像結束後，室內鴉雀無聲。這時老師說道：

「我先告訴你們，在和迪奧多拉對戰之後，下一個對手就是塞拉歐格。」

「──！真的嗎！」

我驚訝發問，老師只是點點頭。

社長也訝異地詢問老師：

「這樣好像太快了吧？我還以為會先和格喇希亞拉波斯家的傑發德爾開打。」

「那個傢伙已經不行了。」

老師這句話讓社長和大家都是一臉訝異。

「傑發德爾在和塞拉歐格的遊戲裡被徹底擊潰，和塞拉歐格一戰讓他的身心都留下深刻的恐懼。他已經無法再戰。塞拉歐格連傑發德爾的心——連他的精神都一同擊潰。所以接下來將由剩下的成員繼續對戰。新生代惡魔之間的遊戲，格喇希亞拉波斯家到此為止了。」

——

影像裡遊戲之後依然因為恐懼渾身打顫的傑發德爾映入我的眼中。

這個太保在這個時候已經——

擊潰精神……我懂了，剛才社長說他可能比萊薩還要強就是這個原因吧。即使是不死之身，精神疲憊也無法繼續復活。

「你們也要多加留心。那個傢伙會帶著足以擊潰對戰者精神的氣勢攻擊。因為他是真心想要當上魔王，他對這件事不會有任何妥協與猶豫。」

老師的忠告真是深入人心。沒錯，絕對不可以掉以輕心！我好不容易變成禁手(balance breaker)！一定要和大家同心協力打倒塞拉歐格！

社長做個深呼吸，重振心情說道：

「首先要準備眼前的比賽。為了研究下次的對手，等一下還要看阿斯塔蒂的影像——聽說他打倒了對戰對手，大公家的繼任宗主絲格維拉·阿加雷斯。」

「大公輸了？」

之前和太保惡魔對峙的那個眼鏡小姐輸了。我覺得她的眷屬好像也很強……

居然能夠打倒他們，那個迪奧多拉到底是什麼來頭……

「如果說讓我們陷入苦戰的蒼那是黑馬，那麼打敗剛才朱乃說的排名第二名的阿加雷斯，阿斯塔蒂更可以說是大黑馬。雖然很不甘心，但是對決前的排名不過只是根據資料計算的預測。遊戲真正開始之後，會發生什麼事沒有人知道。這就是排名遊戲。」

社長如此說道，意思是陷入苦戰的人不是只有我們。這個夏天讓我深深體會遊戲當中真的不知道會發生什麼事。

「不過真沒想到阿加雷斯會輸。」

社長邊說邊準備播放下一個紀錄影像。就在此時——

唰——

社辦的一角展開一人大小的轉移魔法陣！

咦！怎麼了？有人要跳躍過來嗎？

魔法陣是我未曾見過的圖樣。

「——阿斯塔蒂。」

朱乃學姊輕聲低語。接著在瞬間的亮光之後，一名帶著爽朗笑容的斯文男子出現在社辦的角落。

那個傢伙說聲：

「各位好，我是迪奧多拉・阿斯塔蒂。我是來見愛西亞的。」

社長和迪奧多拉坐在社辦的桌邊，阿撒塞勒老師也以指導老師的身分坐在那裡。朱乃學姊為迪奧多拉泡了一杯茶，便待在社長身旁待命。

我們其他眷屬則在社辦角落觀察情況。該怎麼說，這讓我回想起萊薩當時的事。那個時候也是這種感覺。這就是上級惡魔和下級惡魔之間的差距吧。

不同於萊薩那時，這次的對象不是社長而是愛西亞。當事人愛西亞待在我的身旁，一臉困惑。我默默握住愛西亞不安的手，她也加以反握。她緊張的情緒也感染了我。

社長不會虧待妳的。而且無論發生什麼事情我都會保護愛西亞的，放心吧。

——要是有個什麼萬一，即使變身為禁手(balance breaker)我也會拒絕他。

……如果真的對上級惡魔動手，一定會引發糾紛吧。不過反正我已經用這招解除過社長的婚約，再、再用一次也在所不惜！

迪奧多拉不知道我抱持這樣的決心，帶著溫和的笑容對社長說道：

「莉雅絲，我就直接說了。我想和妳交易『主教(bishop)』。」

「交易」——是排名遊戲中，讓「國王(king)」彼此交換棋子，也就是交換眷屬的系統。只要是同樣的棋子就可以交換。這是蕾維兒告訴我的。

「主教」——也就是愛西亞或加斯帕！

「討厭！是指我嗎！」

加斯帕擺出保護自己的姿勢，但是我立刻打了他的頭：

「怎麼可能。」

這個傢伙也變得堅強許多了。不久之前的他大概會說「噫——————！他、他是想打我的主意嗎～～！」一邊尖叫一邊逃進紙箱吧。

加斯帕在冥界的修煉也有了成果。題外話，克服大蒜的修煉仍然在進行。所以偶爾有點大蒜的味道也是沒辦法的事。

……至於迪奧多拉想要的「主教」應該是愛西亞吧。從聽見「主教」兩個字的瞬間，愛西亞便用力握住我的手——讓我感覺到她強烈表達「我不要」的主張。

「我想要的莉雅絲的眷屬是——『主教』愛西亞．阿基多。」

毫不猶豫地表明的迪奧多拉看向愛西亞，笑容依舊爽朗。

可惡！他想要的果然是愛西亞！話說居然想靠交易獲得愛西亞，這樣不會太過分了嗎！愛西亞可是他求婚的對象！

「我這邊準備的是——」

迪奧多拉打算拿出看似型錄的東西，上面大概載明自己的僕人吧。然而社長搶先說道：

「我也是這麼認為。不過很抱歉，我想這種事還是在看過你那本像是僕人型錄的東西之前說比較好，所以我就先說了。我不打算跟你交易。這不是因為你的『主教(bishop)』和愛西亞的價值問題，單純只是因為我不想讓出她──她可是我重要的眷屬惡魔。」

社長直截了當地加以拒絕！

嗚喔喔喔喔喔喔！社長──────！我好感動！

之所以不看型錄，一定是不希望因此讓我們覺得她有任何拿別人和愛西亞比較的態度！

社長原本就不打算這麼做！

「是因為她的能力？還是她本身的魅力？」

不過迪奧多拉滿不在乎地發問。這、這個傢伙！都跟你說不行了，你就乖乖死心早點閃人吧！

這時的社長更是說出最棒的回答！

「兩者皆是。我把她當成妹妹一樣看待。」

「──社長！」

愛西亞伸手摀著嘴巴，綠色眼眸隨之濕潤。社長的「妹妹」發言一定讓她打從心底感到高興吧。

「我們的關係可是好到一起生活。我們的感情越來越深厚，所以我不想讓出她，這個理由不行嗎？我認為這樣已經夠充分了。而且想透過交易來獲得求婚的對象，也讓人不敢恭維。像這樣想透過我來得到愛西亞，我實在無法理解你在想什麼，迪奧多拉。你真的知道求婚的意義是什麼嗎？」

社長帶著魄力十足的笑容反問。儘管在遣詞用字做了最大限度的顧慮，但是明眼人都看得出來她在生氣！

迪奧多拉的臉上依然掛著笑容。這樣反而讓人毛骨悚然。

「——我知道了。今天我就在此告別，不過我是不會放棄的。」

迪奧多拉站起身來，走向我們——走向愛西亞身邊。

他剛在困惑的愛西亞面前站定，便原地跪下牽起她的手：

「愛西亞，我愛妳。放心吧，命運不會背叛我們。即使這世間的一切都要否定我們的連繫，我也會跨越這一切。」

那個傢伙鬼扯了一堆莫名其妙的話，眼看著就要親吻愛西亞的手背——

啪嚓。

這讓我的神經稍微斷裂。

等到我回過神來，我已經按住迪奧多拉的肩膀制止他。

迪奧多拉面帶爽朗的笑容說道：

「放手好嗎？骯髒的龍碰我，讓我有點不太舒服。」

——！這、這個傢伙！居然笑著說出這種話！這才是你的本性吧！

就在我快要發火之時——

啪。

愛西亞的巴掌打在迪奧多拉臉上。她抱住我，以近乎吶喊的方式說道：

「請你不要說這種話！」

……我從來沒想過愛西亞會賞人巴掌，不過這讓我的心情舒暢多了！

迪奧多拉的臉頰因為那一巴掌而發紅。儘管如此，他的笑容還是沒有消失。能夠維持笑容到這種地步反而讓人覺得可怕……

「原來如此，我知道了。那麼——這樣好了。下次遊戲裡，我會打倒赤龍帝兵藤一誠。到時候希望愛西亞可以回應我的愛——」

「我才不會輸給你這個小子！」

我忍不住當面嗆了回去。沒辦法，誰叫他要自顧自地說這種話！

不過這樣就對了，清楚多了。總之就是把這個傢伙打倒！

「赤龍帝，兵藤一誠。下次遊戲我會打倒你。」

「迪奧多拉．阿斯塔蒂，我就讓你見識一下你說是骯髒的龍擁有的力量！」

我和迪奧多拉互瞪。怎麼能把愛西亞交給這個傢伙！

這時老師的手機響了。在和對方應對幾句之後，老師對我們說道：

「莉雅絲、迪奧多拉，正好。遊戲的日期已經決定了——就在五天後。」

這天的事情到此結束，迪奧多拉回去了。不准你再來社辦！

我帶著新的決心，提振氣勢準備迎接遊戲。

經由魔王陛下發出的正式遊戲通知，後來也送到我們手上。

—○●○—

「上級惡魔啊……」

深夜的惡魔工作。我完成一項委託之後，騎著腳踏車回學校。

或許是因為在冥界修煉，我已經可以透過魔法陣進行移動，但是我的熟客似乎都有種「單車移動＝我」的印象，有一次我從魔法陣現身，好像讓對方有點失望。

因此之後我又恢復腳踏車移動。明明好不容易才變得可以使用魔法陣跳躍，但是總不能辜負熟客的期待。

而且我也想說拿「腳踏車惡魔」當作賣點，說不定可以增加委託量。

再說腳踏車移動也算是種訓練……我好像已經習慣動不動就修煉了……

一邊騎車，我一邊思考。想些上級惡魔的事。我在冥界也見識過，上級惡魔總是瞧不起上級惡魔以外的惡魔。

社長和她的雙親是不會，不過無論是萊薩當時也好、迪奧多拉也罷，基本上世家的上級惡魔都對轉生惡魔、下級惡魔沒什麼好感。

這樣太不合理了！抱持這種想法是很簡單，但是仔細想想，惡魔有那麼悠久的歷史，對於突然闖進來張牙舞爪的人的確是會感到厭惡。有人闖入自己長久以來的地盤的確很討厭。

不過老實說，我也不是很懂。

我是個轉生惡魔，又是下級，所以還停留在為了得到認同拚命往上爬的階段。

「噗哈——運動飲料真好喝。」

返回學校的途中，我在自動販賣機前稍事休息時——突然傳出一股氣息讓我向後一跳離開原地！——是誰！

從夜色當中現身的——是個穿著隨興的男子！

「好久不見了，赤龍帝。」

「美猴！你為什麼會在這裡！」

沒錯，是一臉爽朗的孫悟空！這次他沒穿中國風格的鎧甲，打扮像個輕浮的年輕人。話說這個傢伙為什麼會在這裡！

「喔，我陪搭檔一起過來的。」

美猴面向背後。

——難道！

從他背後現身的——

「兩個月不見了，兵藤一誠。」

是身穿白襯衫的瓦利！

「瓦利！」

我的戒心提升到最大限度，當場擺出戰鬥架式！

可惡！這兩個傢伙為什麼會在這裡！

「你好像達到完全的禁手（balance breaker）了？我很高興。」

那個狂妄的笑容讓我有點不爽。他還是一樣白以為高人一等。

「喲——天才白龍皇。反正遲早要打，不如在這裡做個了結吧？」

我準備發動赤龍帝的手甲（boosted gear），但是那傢伙只顧著笑：

「你今天倒是挺好戰的，兵藤一誠。」

「因為你對我的未來計劃來說是一大阻礙。」

「你是指升級上級惡魔嗎？不用擔心——或許過不了幾年，你就可以升到上級惡魔。」

白龍皇的保證真是不敢當。我倒是不覺得有那麼簡單，所以拚了老命想要往上爬。

「我今天不是來找你說這些的。」

「不然是為了什麼？」

「你們要進行排名遊戲對吧？對手是阿斯塔蒂家的繼任宗主。」

他從哪裡聽來的？好吧，這個傢伙是恐怖分子的特別部隊的老大，或許有各種自己的情報網吧……

「那又怎麼樣？」

「小心一點比較好。」

滿腹狐疑的我維持戰鬥架式詢問瓦利：

「……什麼意思？」

然而瓦利只是聳肩說道：

「你看過紀錄影像了吧？阿斯塔蒂家和大公家公主那一戰。」

正如同瓦利所說，在迪奧多拉回去之後，我們吉蒙里眷屬看了迪奧多拉對阿加雷斯小姐的紀錄影像。

比賽是迪奧多拉贏了……而且迪奧多拉的實力實在太過驚人。他一個人在遊戲中展現異常的力量，將阿加雷斯小姐和她的眷屬一一擊破。

迪奧多拉的眷屬只負責支援，由「國王（king）」自己孤軍奮鬥，展現一夫當關萬夫莫敵的戰鬥。迪奧多拉是擅長魔力方面的法術型，他以超越社長的強大魔力，將阿加雷斯逼到絕境。

看見這幅景象，我們幾乎所有人都感到訝異，全部專注在迪奧多拉一個人身上。因為他突然變強了。在那之前大公家的小姐已經將他逼到絕境了。難道他是一直隱藏實力到最後關頭嗎？

這場比賽老師在現場觀戰，對於迪奧多拉與賽前得到的資料不符的急遽強化，他好像覺得很有問題。

社長也表示同樣的意見。

她說——「迪奧多拉之前沒有那麼強。」兩人的意見一致。

在急遽強化之前的迪奧多拉是很強，是魔力略遜社長一籌的上級惡魔。

但是迪奧多拉卻在比賽中發揮讓眾人為之驚訝的力量。

大家都在懷疑——短時間內有辦法變得那麼強嗎？

不過這場比賽也在途中變成「國王（king）」之間的對決。各位新生代上級惡魔大人是不是都有某種強迫症，開場（opening）、中場（middle game）都是戰術比拚，終場（end game）一定要直接對決才行？

對於觀賞遊戲的各勢力貴賓來說，這樣的比賽好像很新鮮，看得很盡興就是了……尤其是「國王」對決無論如何總是氣氛最熱鬧的時候。

「光憑我的說詞，大概說不動那些上級惡魔吧。不過至少你自己心裡要有個底。」

……現在是該對他說聲感激不盡嗎？正當我的心情極為複雜時，忽然出現一道人影——瓦利和美猴似乎也沒料到會有這種事，看向人影的方向。是誰？

呼……

從夜色當中現身的——是肌肉強壯到嚇人的巨人哥德蘿娘子漢……！頭上依然戴著始終如一的貓耳！

——小咪露！

是我在惡魔工作的常客！他只是偶然路過嗎？就算是這樣，居然能夠碰上從事惡魔工作的我，這肯定有某種不知名的力量吧，小咪露！

他現身的瞬間，瓦利忍不住多看一眼。我想他大概是懷疑自己的眼睛吧。

「妞。」

他舉手向我打聲招呼，便從我們旁邊經過。我姑且也舉起手，帶著僵硬的笑容做出回應，然而……

「根據頭部判斷，那是貓又？就連我也得等他靠到這麼近才察覺氣息。是仙術嗎？」

瓦利卻是一臉認真地詢問美猴的意見。

不是！我在心中吐嘈瓦利！

「不，我覺得……那應該是山怪之類的東西？……貓耳山怪？」

美猴也歪著頭，百思不得其解。我也不知道該怎麼回答，拜託別問我！

不過小咪露的出現瞬間化解緊張。瓦利那邊的戰意之類的感覺好像也因此緩和許多。小咪露好強！

「算了，不管了。我們走吧，美猴。」

語畢的瓦利準備和美猴一起離開。

「等一下，你來找我只是為了說這些？為了這個特地跑一趟？」

聽到我的問題，瓦利露出笑容：

「我只是因為正好來到附近，順便給未來的勁敵一點忠告。」

「再見囉，赤龍帝。吶，瓦利，回去的路上繞去那間有名的拉麵店吧～」

於是瓦利帶著美猴，消失在黑暗之中。

真是的，我搞不懂！我完全無法理解！為什麼之前幹了那麼過分的事，還可以若無其事地出現在我的面前？而且感覺就像隨便出來散步！

『你的宿敵還真是個怪人。』

德萊格也如此說道。對吧！我也是這麼覺得！

『不過你也好不到哪裡去。』

你這傢伙真沒禮貌。

『──不過我很開心。』

怎然這麼突然。

『歷代赤龍帝當中，應該就屬你最常找我說話吧。我還是第一次遇到宿主讓我覺得聊天很快樂的。』

因為我就是無知，一堆事情不問你就搞不懂。

『……或許就是這點吧。在你的心中我不只是道具，而是一個存在。』

你不是一個存在嗎！這才叫我吃驚！

德萊格是赤龍帝吧？不、不對嗎？

『哼哼哼，你果然也是怪人。』

……嗯──我還真是搞不懂天龍。

─○●○─

「是嗎，瓦利那麼說啊。」

我回到社辦，在惡魔工作結束之後請社長獨自留下，告訴她發生什麼事。

社長摸摸下巴，好像在思考什麼事。

「……既然他們來到這個城鎮，應該感應得到才對……但是卻完全無法察覺他們。是某種斷絕氣息的術法？還是仙術的應用？或是用了黑歌的空間結界術？」

「姑且先向哥哥和阿撒塞勒報告這件事好了。」

她展開一個浮在空中的魔法陣，好像在進行聯絡。

報告結束的社長苦笑說道：

「迪奧多拉的問題也要多加留心。這並不表示我相信瓦利說的話，不過也應該加強警戒。好了，我們回家吧。」

「好。」

就是這樣，我和社長踏上歸途。

我騎著腳踏車，社長坐在後座。她伸手抱住我的腰，胸部就貼在我的背上，感覺超棒！

大家應該已經回家休息了吧。社員除了木場和加斯帕，都一起住在我家。聽說木場和加斯帕一起住在我家附近的大樓。加斯帕終於可以離開舊校舍，真的成長了不少。

基本上木場家離我家不遠，要是有什麼事馬上就能過來集合。

我和社長一到家就直接回房間。我一打開門——

「哎呀哎呀，一誠。你回來啦。」

就看見朱乃學姊穿著煽情的COSPLAY服裝！

「朱、朱乃學姊，妳那身打扮！」

那是一套裸露度頗高的遊戲角色服裝！是巫女——有點靈能者感覺的服裝，大腿完全裸露，胸口也只是稍微遮掩重點部位。

我的視線定在朱乃學姊近乎赤裸的打扮。太猛了————！好性感！太情色了，朱乃學姊！妳要是原地轉一圈，胸部會跑出來吧！這套服裝根本擋不住內衣，所以她現在肯定沒穿胸罩！

朱乃學姊對我微笑：

「呵呵呵。之前我不是說了嗎？如果你不嫌棄，我可以穿這種衣服給你看。還是說……這不符合你的喜好？」

啊！在對戰蒼那會長之前，我們是在書店有過這段對話！沒想到朱乃學姊居然記得！

「不、不是！棒極了！」

我露出一臉好色的模樣，聲音帶著喜悅！這真是太棒了！

「那就好。呵呵呵。如何？你是喜歡欣賞會的方式？還是——」

朱乃學姊一面用手指在自己的胸口游移，一面對我投以誘惑的眼神！

「到那張床上舉行可以觸摸的體驗會比較好？」

噗！

讓人失去理智的一句話使我的鼻血猛然噴出！

好！——正當我打算這麼回答時，背後傳來一陣殺意，讓我整個人凍結！

我一轉頭，只見社長露出危險的笑容對著朱乃學姊說道：

「……朱乃？妳在做什麼？」

「哎呀，莉雅絲。妳在啊。」

朱乃學姊刻意如此說道。朱乃學姊在家裡時多半都是稱呼社長「莉雅絲」。在學校或是從事惡魔工作時則是稱呼「社長」。

「我當然在，這裡是一誠和我的房間，不在才奇怪。」

「這樣啊。那麼妳到旁邊等一下。我正要和一誠做快樂的事——妳會礙事。」

朱乃學姊最後那句話讓社長整個人帶著笑容僵住，擠出顫抖的聲音：

「……礙……事？」

嗚哇啊啊啊啊！她的身上冒出紅色的氣焰！糟糕！她們要開打了！

正當我開始擔心自身安危時，又有幾個女生從房間的角落冒出來——是愛西亞、潔諾薇亞和小貓！

等等，妳們那身打扮是怎麼回事！

雖然設計不太一樣，但是愛西亞和潔諾薇亞也穿著類似朱乃學姊那種看似靈能者的COSPLAY服裝！當然，如此一來裸露程度自然也不是蓋的！

嗚哇……愛西亞，居然那麼大膽地露出大腿！妳的腿是很美，可是這樣讓哥哥我的心情好複雜！雪白的肌膚很細嫩，非常好！

「嗯。很方便活動。雖然沒辦法穿內衣，但是功能性很好，動起來很靈活。」

潔諾薇亞說出很像戰士的感想！沒穿胸罩？連內褲也沒穿？

「可、可是，沒辦法穿胸罩的話……這、這很透明吧……」

愛西亞遮住胸口害羞說道。仔細一看確實看得到粉紅色……不行不行！即使愛西亞的是多麼漂亮的粉紅色我也不可以看！

喔喔喔。有人走到激動的我身邊，是身穿野獸風格COSPLAY服裝的小貓！

和其他女生比起來裸露度幾乎是零，但是身上的貓耳和尾巴實在可愛到讓人受不了！

「……好看嗎？喵♪」

比出招財貓手勢的小貓破壞力，讓我看見未知的領域！太可愛了！這是哪裡來的蘿莉小貓公主，怎麼會可愛成這樣！

女性社員的COAPLAY————！這是什麼夢想空間！

「……我也要穿！」

大概是不想只有自己受到排擠，社長含淚跑到房間的角落，在成堆的COSPLAY服裝物色起來了！

「不、不過事情怎麼會變成這樣？」

突如其來的COAPLAY大會。我如此詢問朱乃學姊。

「喔，因為我對大家說我要兌現上次的約定，結果大家也躍躍欲試，就變成這樣了。」

原來如此，大家都有點好奇吧。不過她們每個人的身材都很好，穿起COSPLAY服裝真是賞心悅目！

嗯——等一下拿數位相機拍下來好了。用來當成自家發電的原料應該可以吧！

啪！從更衣用的簡易試衣間裡走出來的，是身穿性感惡魔服裝的社長————！她還展開自己的惡魔翅膀不住拍動，可愛極了！

「你看，一誠。我選的服裝比較適合吧？一誠喜歡的打扮我可是一清二楚。」

社長得意地擺出姿勢！胸部彈來彈去不停晃動！

「是的！非常好看！」

不過社長對朱乃學妹的對抗意識真的很強。

「…………」

朱乃學姊見狀，不發一語走進試衣間！不久之後走了出來，換上一套和繩子沒什麼兩樣的服裝！

噗嘩！鼻血止不住了！這近乎是全裸了吧！就連乳、乳頭也是，只要稍微一動就會出來見人！

「一誠最喜歡這種極度裸露的服裝對吧？」

朱乃學姊這麼問我，但是我光是盯著她看就無暇分神，只能拚命點頭。

太誇張了……匪夷所思的事正發生在我的眼前！

「一誠，你舉手朝上，然後伸出手指。」

怎麼了？我依照朱乃學姊所言，舉起右手朝上伸出食指。於是朱乃學姊抓著我的右手拉到自己胸口——一按！隨即感覺到柔軟的觸感——！

我、我的食指陷入朱乃學姊的胸部了——！

噗噗——！噴鼻血的力道更加猛烈！

感受著超越棉花糖、令人難以置信的柔軟，我的食指不斷深陷其中——！

「啊嗯……這……這樣，好舒服……一誠的手指……自從看見一誠和迪奧多拉·阿斯塔蒂互瞪之後，我的胸口就感到悸動……誰叫一誠要讓我看見那麼帥氣的一面，我……已經快要按捺不住了……」

朱乃學姊口中吐出豔麗的嬌喘！一陣難以名狀的感覺竄過我的全身────！這位大姊姊怎麼會這麼誘人！

慘了！我好像又要發動禁手(balance breaker)了！有種又要達到某種境界的感覺！這種觸感，彷彿連續觸摸女孩子的胸部！

「…………」

社長默默拉起我的左手！就這麼往胸部靠近──

又是一陣柔軟────！

我的手掌感覺到社長的胸部────！嗚哇啊啊啊！現在的我同時摸著兩位大姊姊的胸部啊────！

「……嗯……果然，只要一誠的手一碰……我的心裡就會產生一陣暖意……這種舒服的感覺到底是什麼……每次一誠觸碰我，這種感覺就越來越強烈……忍不住要發出聲音……啊嗯……」

社長甜美的氣息讓我的鼻血像瀑布一樣奔流！我會死於出血過多！

不過社長的胸部真是摸幾次也不會膩！細緻的肌膚既滑嫩又有彈性，軟綿綿的觸感更是棒透了！最棒的莫過於無法一手掌握的乳暈從五指之間滿溢！滿出來的胸部如果以兩側的手指輕輕一夾，更是有種美妙到嚇人的觸感！

我又要達到了！沒錯，這樣一定會達到！我好像又要達到某種新境界了————！

原本右手還在戳朱乃學姊的乳房，無意識之間也變成揉！我為了好好享受那有如不會塌的布丁柔軟觸感，全神貫注在手掌上！這種吸住手掌的觸感真的超讚！青春水嫩的肌膚彈性，充分表現出女體特有的柔軟！

啊，像這樣比較兩者的觸感就知道，社長和朱乃學姊的胸部果然有差！柔軟度應該是朱乃學姊略勝一籌吧？不過彈性是社長比較棒！

然而她們兩位在讓我摸胸部的同時還是彼此互瞪，散發火花！

眼角帶淚的社長大叫！

「我不會輸給朱乃的！」

社長又跑進試衣間了！連、連朱乃學姊也擠進去了！

「不，比起莉雅絲，我更能夠展現一誠喜歡的模樣！」

「一誠說過我很有魅力！」

「才不是！之前一誠才稱讚過我的身體很舒服！」

「是妳硬逼他說的吧！而且還叫一誠叫得那麼親密！」

「有什麼關係！一誠一誠一誠一誠！白痴莉雅絲！」

「朱乃才是笨蛋！今天我可不會饒過妳！」

兩位大姊姊在簡易試衣間裡開始吵架了！真不知道她們這樣感情是好還是不好……

我不禁心想，她們果然是朋友。

「……一誠學長，面紙。你得止住鼻血。」

謝謝妳，小貓。啊——糟糕，血量不夠了……

「這樣不行。她們兩個一旦吵起來就阻止不了。換個地方吧。我們走，愛西亞。」

「啊，是！」

潔諾薇亞和愛西亞牽著因為血量不足而搖搖晃晃的我。

社長和朱乃學姊就這樣在試衣間裡高聲吵鬧，所以我們一群人移到隔壁的房間。

「比賽在五天後啊。馬上就到了。」

潔諾薇亞一面移動惡魔版人生遊戲的棋子一面開口。

我、愛西亞、潔諾薇亞、小貓，四個人在隔壁的房間玩起惡魔版人生遊戲，也就是人生遊戲的冥界版本。

從下級惡魔開始，依序升格中級、上級、最上級，最後如果當上魔王就算過關。在真正的冥界想要平步青雲當然沒辦法這麼簡單，不過這在冥界好像也和人類世界一樣，是個很普遍的遊戲。

我們圍著桌子坐下，小貓坐在我的腿上。臀部柔軟的觸感偶爾會讓我渾然忘我，但是我必須自制才行。

大概是因為接連摸了潔諾薇亞、愛西亞、社長、朱乃學姊的胸部吧，我的腦袋不禁融化……感覺光是靠留在手上的觸感就可以連續自家發電。

唉，如果是男女朋友，就可以一天到晚享受那種體驗吧……真希望可以趕快建立後宮，住在隨時可以揉胸部的環境之中！

嗚嗚，大概是因為流了太多鼻血，我不時會意識恍惚……無論是私底下還是戰鬥中，我的失血都太多了吧？真傷腦筋……

「——！」

「——！」

隔著一道牆也能聽見兩位大姊姊的聲音。她們偶爾會吵得這麼兇。

雖然原因出在我身上，但是小貓建議：「……一旦吵成那樣，與其硬是阻止她們，不如讓她們好好鬧個夠。」所以我們把她們丟在隔壁房間跑來這裡……她們應該不至於使用魔力開戰吧？

小貓從冥界回來之後，開始會給我這方面的建議。

根據她表示「……一誠學長必須多了解少女心才行」的樣子。少女心。如果能夠深入了解少女心，我會變得更受女生喜歡嗎？唉，真希望可以受到女生喜歡。

這時隨著敲門聲響起，有個人走進房間。是伊莉娜。

「哇──我一到回家就發現莉雅絲和朱乃吵得好兇，嚇了我一跳。啊！人生遊戲？我也要玩～～」

去遠方的教堂（不是之前那個墮天使的根據地）辦事的伊莉娜，立刻就對人生遊戲產生興趣。

「惡魔版？哇──好像很有趣！身為轉生天使的我模擬體驗惡魔的人生真是太曲折離奇了，一定很好玩！」

她應該不管玩什麼都很好玩吧。

「呵。」

愛西亞輕笑了一聲。

「嗯？怎麼了，愛西亞？」

愛西亞帶著微笑回答我的問題：

「嗯，我只是覺得很開心。」

「是啊，是很開心。怎麼突然說這個？」

「一誠先生，我很喜歡現在的生活，也很喜歡大家。」

「我知道。這次的排名遊戲，妳不用太介意。愛西亞和我們都一樣，只要照常做好份內工作就可以了。」

我這麼鼓勵她，潔諾薇亞也跟著點頭贊同：

「沒錯，愛西亞。我和愛西亞是朋友，若是有人敢危害愛西亞，我就化身成為妳的劍打倒他。」

該說她可靠還是什麼，這想必是潔諾薇亞激勵別人的方式吧。

「愛西亞，我們要輕鬆結束這次的遊戲，在運動會的兩人三腳項目取得第一！」

「好的。」

愛西亞滿面春風。沒錯，我——我們會保護愛西亞！才不會把妳交給迪奧多拉！

這時有人打開門——社長走進房間。她不知道什麼時候變成兔女郎裝扮，難道她們兩個剛才在進行COSPLAY對決嗎……？嗚，鼻血好像又要流出來了……

「事出突然，不好意思。」

「？」

社長環視大家，我們各個一臉狐疑。

「有人要採訪我們。我們要參與冥界的電視節目——單元是新生代惡魔特集。」

「…………」

包括我在內，所有的人都愣住了——

「電視節目————！」

但是隨後驚訝的叫聲響徹整個兵藤家！

Asia.

我——愛西亞·阿基多嚇了一大跳。

聽說我們要上電視。和一誠先生共度的每一天，都是驚奇連連。

住進一誠先生家已經過了幾個月，我不但能夠上學，而且以桐生同學為首，松田同學、元濱同學，還有班上的各位同學都願意和我做朋友。

社長、朱乃、木場、小貓、加斯帕，大家也都對我很好。潔諾薇亞更是我的同齡好友。伊莉娜也變成我的朋友。

一誠先生的爸爸媽媽也對我很溫柔，在日本的生活總是既新鮮又開心。暑假還去了一趟冥界。

過去在教會時不能做的事，讓我現在的生活變得多采多姿。

迪奧多拉的求婚……讓我非常驚訝。這還是第一次有男生對我做這種事，真不知道該怎麼辦才好。

可是一誠先生說我可以待在他身邊。我只要這樣就夠了。只要能夠待在一誠先生的身邊，光是這樣我就很滿足。

因為我只要能和他一起歡笑度日就很幸福——

主啊，請您讓我繼續和一誠先生在一起吧。請讓我一直待在一誠先生身邊。

還、還有一個願望，請聽我說。

如、如果可以，希望下一次向我求婚的人是他——

我也覺得這樣太任性了。可是我真的好喜歡他，至少讓我保有這點夢想吧。

光是能夠懷抱這個夢想，我就已經很幸福了。

主啊，未來也請您繼續看顧，讓我和最喜歡的他一起生活。

Boss×Boss.

「只能用這種通訊的方式聯絡你真是不好意思，瑟傑克斯。關於格喇希亞拉波斯家繼任宗主的離奇死亡以及迪奧多拉．阿斯塔蒂的魔力增強……」

『果然有所關連嗎——惡魔方面到現在還是有很多問題。』

「目前還沒有確切的證據，不過如果瓦利的忠告是真的，迪奧多拉——那麼或許只能執行那個方案了。真是的……光是心腹的麻煩事就已經讓我提不起勁，還出了這種事。」

『我聽說了。好像又有一個神子監視者(grigori)的幹部要結婚了吧。』

「……那些傢伙一個比一個著急。最過分的是他們每個都瞞著我，私底下和其他勢力的女人亂搞……可惡，差不多只剩下我一個人單身了！」

『呵呵呵，阿撒塞勒也找個對象安定下來怎樣？』

「不要。我是為了興趣而活的男人……女、女人要多少有多少！」

『說得也是。就當作是這樣吧——那麼關於那個方案，我就相信你囉。』

「啊啊，包在我身上。不過這樣對那些傢伙有點過意不去就是了。」

Life.3 大決戰！

「啊——啊——我、我是——不，在下是吉蒙里眷屬——」

我坐在房間裡的鏡子前面進行發聲練習。順便也要練習微笑！只是我雖然想揚起嘴角微笑，就連練習時也緊張到笑得很僵硬。

沒辦法，既然決定要上電視，當然會想練習發聲！

那天晚上，葛瑞菲雅聯絡社長：「冥界的電視台提出演出邀請。」而且還是邀請吉蒙里眷屬所有人一起上電視！

冥界全境都播出包括社長在內的新生代惡魔之間的排名遊戲。社長他們身為魔王的家人原本就很有名，經過那次遊戲之後，在冥界的知名度似乎又變得更高了。

而且就連冥界發行的雜誌也刊載「莉雅絲．吉蒙里公主特集！」之類的報導！

我在暑假時就知道社長在冥界人氣很高，看來現在更有人氣了。

聽說駒王學園的女生制服在年輕女惡魔之間很受歡迎，近日就要在冥界上市。這點和人類世界的女生倒是沒什麼兩樣。

軟。

有人從背後抱住我！我記得背後感受到的胸部觸感！我看向鏡子——果然是社長。

「你在做什麼，一誠？」

「啊，是。我在練習上電視要說什麼。」

「呵呵呵。不用想太多，正常應答就好。反正接受訪問的時間應該是我最長吧。」

社長摸摸我的頭，試圖紓解我的緊張！啊啊，社長！我的大姊姊！對僕人的照顧真是太周到了！

「聽我說，一誠。愛西亞的事，你不用給自己太多壓力喔。」

社長以溫柔的語氣繼續說道：

「你最近比愛西亞還要介意迪奧多拉。我當然也很在意這件事，但是在我看來，你更擔心的是愛西亞——你是不是還覺得害愛西亞走上這條路，是你的責任？」

……社長好厲害，能夠看穿我的想法。我看著下面，輕輕點頭。

「……是的。不過愛西亞說她很滿意現在的生活，我也覺得這樣就好…………可是儘管如此，我還是——」

揪……

社長輕輕抱住我。然後在我耳邊說道：

「就由我和一誠，還有其他眷屬，大家一起讓她過得更幸福吧。可是你和其他人也得幸福才行喔？不然我會很難過。」

「……社長……」

社長的這番話讓我流下男兒淚！嗚嗚！誰叫社長這麼溫柔！

我愛上的女人果然是個好女人！我一定會全心全意跟著她！

對！我和社長還有全體社員，都會和愛西亞好好相處！大家一起帶著笑容度過每一天！這樣一定就是幸福！

「社長，為了和大家一起開心度日，今後我也會加油！」

聽到我的決心，社長對我露出微笑：

「嗯，我知道。我心愛的一誠。」

—○●○—

電視錄影當天。

我們眷屬惡魔透過專用魔法陣跳躍到冥界！

不久之前才來過，沒想到這麼快又踏上這塊土地。我們抵達的目的地是位於都市區的高樓大廈地下。

這裡設置轉移魔法陣專用的空間，一到達這裡，一旁待命的工作人員便熱烈迎接我們。

「恭迎大駕，莉雅絲・吉蒙里大人，還有各位眷屬。來，這邊請。」

製作人帶著我們坐電梯上樓。

大樓構造和人類世界沒有太大的不同，只有些微差異。建築物裡到處存在以魔力驅動的裝置和小道具。

走廊上貼著海報——上面的人是社長！微笑的紅髮美少女海報簡直就像偶像明星！

這時一個熟面孔帶著差不多十個人，從走廊另一頭走來。

「塞拉歐格，你也來啦。」

沒錯，社長出聲叫住的人正是巴力家的繼任宗主塞拉歐格。

他豪邁地將貴族服飾披在肩上，狂野的模樣依然沒變。話說就我一個門外漢來看，他身上找不任何破綻。這表示他隨時處於備戰狀態嗎？

緊跟在他身後的金髮馬尾小姐是塞拉歐格的「皇后（queen）」。好漂亮啊～

「是莉雅絲啊。妳們也是來錄專訪的？」

「是啊。塞拉歐格已經錄完了？」

「現在才要開始錄，應該和你們在不同攝影棚吧。你們的比賽——我看過了。」

塞拉歐格這句話讓社長的臉色有點嚴肅。

「彼此都是一看就知道沒經驗，明顯還是新手。」

塞拉歐格苦笑說道。他這是在幫社長打氣嗎？

接著他的視線移到我身上：

「無論力量多麼強大，打法一成不變還是會輸。因為對方會瞄準瞬間的可乘之機全力進攻。特別是神器(sacred gear)有很多不明的部分，沒有人知道會發生或是觸發什麼事。一物剋一物的道理，在遊戲當中也很重要。你們和蒼那・西迪那一戰讓我重新學習這件事——不過。」

塞拉歐格輕輕拍了一下我的肩膀：

「我真想以和你來一場不談什麼理論的力量對決。」

——

塞拉歐格如此說完便離開了。

……他只不過是輕輕拍一下肩膀，就讓我感覺到沉重的壓力。

新生代第一把交椅對我有所期待嗎？真讓人緊張！

和塞拉歐格打過招呼，我們先被帶到休息室放行李。

阿撒塞勒老師好像要上別的節目，所以沒跟我們過來。伊莉娜則是留在家裡看家。

這次只有我們吉蒙里眷屬。

之後製作人帶我們來到一個看似攝影棚的地方，請我們進去。裡面還在進行準備工作，電視台的工作人員正在忙東忙西。

已經先進來準備的女性主訪者前來向社長打招呼：

「幸會，我是冥界第一放送的主播。」

「妳好，請多指教。」

社長也笑著和她握手。

「那麼立刻進入正題，我們先討論一下──」

於是社長、工作人員、女主播開始針對節目進行討論。

攝影棚裡還擺放大量的觀眾座椅！哇……要錄的是有觀眾的節目啊……

糟糕，我變得更緊張了！儘管主角是社長，我們在正式錄影時一樣要待在這個攝影棚裡面啊……

「……我、我、我、我我我我我我、我想回家～～～……！」

加斯帕待在我背後發抖。對蕑居族來說，上電視已經超越嚴苛可以形容的程度了。但是我也很緊張。要忍耐喔，加斯帕。

「錄影途中應該也會詢問各位眷屬惡魔幾個問題，請放輕鬆。」

工作人員對我們如此說道。

「呃──請問木場祐斗先生和姬島朱乃小姐在嗎？」

「啊，我就是。我是木場祐斗。」

「我是姬島朱乃。」

工作人員提到木場和朱乃學姊的名字，兩人都舉起手來。

「你們兩位的問題應該會比較多。因為兩位的人氣越來越高。」

「真的嗎！」

我驚叫出聲，工作人員便進一步證實。

「是啊，木場先生的女性粉絲、姬島小姐的男性粉絲都越來越多。」

喔喔，畢竟是俊男美女，人氣上升也不奇怪。

對了，上次對西迪那一戰在冥界全境播出，所以讓觀眾喜歡上木場和朱乃學姊吧。可惡，該死的木場！至於朱乃學姊……我感到有點複雜。她是我的另外一位大姊姊……

正當我不知道該高興還是難過時，朱乃學姊對我露出微笑：

「不用擔心。我只喜歡一誠，不會看上其他人的。」

她溫柔地握住我的手！

嗚喔喔喔喔！朱乃學姊！多麼為眷屬著想的大姊姊！

啊！我感覺到銳利的視線！我四處張望──發現是社長瞪著我和朱乃學姊！親愛的主人

真是時時不忘注意自己的僕人！

「然後還有一位，兵藤一誠先生是哪位？」

「啊，是我。」

我也很有人氣嗎！讓我有點……不對，是非常期待！

然而工作人員歪著頭說道：

「……呃，你是……」

他好像不知道我是誰！咦咦咦咦咦咦咦咦咦！

「那個，我就是『士兵（pawn）』兵藤一誠，同時也是赤龍帝……」

我戰戰兢兢地開口，工作人員也恍然大悟：

「啊！就是你！不好意思，因為我對鎧甲的印象太過深刻，對於兵藤先生本人的長相不是很清楚。」

的確！我在那場比賽鎧化的時間很長！畢竟是短期決戰（blitz）嘛。

因此大家對我的印象變得薄弱也很正常。

「兵藤先生還要去其他攝影棚錄別的東西。畢竟你正以『乳龍帝』之名走紅。」

「乳龍帝————！」

那是什麼？聽見這個莫名其妙的外號，我驚叫出聲！

工作人員興高采烈地接著說下去：

「小朋友非常喜歡你，他們都稱你為『胸部龍』。你不是在對上西迪那一戰中不停大喊胸部嗎？全冥界的客廳都看得到那時的場景，小朋友的反應非常熱烈。」

真的假的！我在冥界的小鬼頭之間掀起熱潮？真搞不懂！

不過胸部龍……好吧，我在那場比賽裡好像叫了很多次胸部……

小朋友好像很容易受到這種單純的東西吸引。這麼說來，無論是人類世界還是冥界，能夠抓住小朋友的心的東西都差不多。

『嗚、嗚喔喔喔喔喔喔……』

我體內的德萊格突然哭了。喂喂喂，怎麼啦怎麼啦？

『人稱二天龍的我……號稱赤龍帝，受到眾人畏懼的我……』

他真的哭了……看來這些稱呼對他的打擊很大。

嗯——畢竟先是乳龍帝，又是胸部龍……

「那麼兵藤先生請到另外一個攝影棚。請跟我來。」

我從工作人員手上接過專用劇本，在移動到別的攝影棚的路上，在心中幫德萊格打氣。

好了，不知道前方有什麼在等著我？

「啊——緊張死了——」

錄影結束之後，我們在休息室裡累癱了。

看來大家都很緊張，一回到休息室不是靠在牆上，就是趴在桌上。

整段節目都是對社長提問。關於對上西迪那一戰有什麼感想？今後要如何應對？有沒有特別注意哪個新生代惡魔？淨是這方面的問題。

社長帶著笑容，回答得泰然自若，舉手投足也不忘展現高貴的氣質。

吉蒙里家的人應該也會收看這個節目，所以身為吉蒙里家的繼任宗主，不能表現得太奇怪。社長在訪問中讓我們和現場觀眾看見她帥氣的模樣！

之後主持人問到木場時，現場便響起一陣歡喜的尖叫。看來女生很喜歡他並不假。訪問朱乃學姊時也有男性粉絲大喊「朱乃小姐！」。

然後——問到我時現場也有小朋友叫我「乳龍帝！」、「胸部龍」！雖然內心有點五味雜陳，但是小孩子好像真的很喜歡我……

我穿上鎧甲的模樣，在惡魔小孩看來好像是種布偶裝。然後又因為我一直提胸部，在不同方面引爆高人氣。

哈哈哈哈，在其他攝影棚拍的那個大概也有那種意圖吧。

「對了一誠，你在別的攝影棚錄了什麼？」

社長一面吃著休息室的餅乾一面發問。

「那是秘密。工作人員也說在正式播出之前，即使是身邊的人也要盡量保密。」

我帶著戲謔的微笑說道。

「我知道了。那麼我就期待正式播出吧。」

社長好像也很開心期待。

就在我們起身準備回家時。

有人敲了休息室的門走進來。

對方讓我瞬間覺得「啊，好可愛。」是個直捲髮的女生，而且是個美少女。不過我認得她——

「一誠先生在嗎？」

「是蕾維兒・菲尼克斯啊。妳怎麼會來這裡？」

蕾維兒和我四目相對。她的臉色似乎為之一亮，但是立刻換上不開心的表情。

她遞出手上的籃子說道：

「這、這個！這是蛋糕！我的二哥在這個電視台有個節目，所以我過來這裡，順便拿這個給你！」

這、這樣啊？雖然搞不太清楚狀況，不過還是接過籃子，確認內容物。

裡面放著一個看起來很好吃的巧克力蛋糕。哇，做得真漂亮。

可是只不過遞個籃子，為什麼一臉害羞？蛋糕明明做得這麼漂亮。

「這是妳做的？」

「是、是啊！那是當然！蛋糕是我最有自信的！而、而且我答應過你，要請你吃蛋糕！」

「謝謝妳。不過等到我依約和妳一起喝茶時再給我就好啦。」

「我、我才不會做那麼不識趣的事。你不久之後還要應戰阿斯塔蒂家吧？我可不能在這種時候占用你的寶貴時間。我只是想說至少可以請你吃個蛋糕。你、你可要心存感激喔！」

嗯——該說她是強硬，還是謙虛呢？

不過她肯特地跑這麼一趟，我也挺高興的。

「那、那麼我就此告別——」

蕾維兒一副事情辦完就想趕快離開的模樣——

「等我一下！木場！」

我留住蕾維兒，請木場創造一把小的蛋糕刀。

切了一小塊籃子裡的蛋糕，直接放進嘴裡。

……嗯。滿嘴都是巧克力的甜味。苦味不會太明顯，更是襯托蛋糕的美味。海綿蛋糕的口感也恰到好處。

「很好吃喔，蕾維兒。謝謝妳，剩下的我會在家裡慢慢享用。哈哈哈，畢竟我們下次不知道什麼時候才會見面，所以我想說現在就把感想告訴妳，向妳道謝。如果妳不嫌棄，我改天再好好跟妳喝茶。」

聽到我說的話，蕾維兒目泛淚光，臉色紅到不能再紅。

奇怪？我還以為她會回答「那是當然！呵呵呵呵！」之類的……

「……一誠先生，這次的比賽我會為你加油！」

蕾維兒語畢迅速對我們行禮，快步離開現場。

我轉頭看向社長——

她皺起眉頭，閉著眼睛。其他的女性社員也以恐怖的氣氛瞪著我。

為、為什麼……？我不由得滿心疑惑。總之採訪就此結束，對抗迪奧多拉之戰已經近在眼前。

對了，之後電視台送來我另外拍攝的影像。我看過內容不禁嚇了一跳！

……沒、沒想到會是這麼回事……

這下子真不知道該怎麼向社長他們提起……

○●○

「噗哈——」

我到家裡地下一樓大浴場洗完澡，在更衣室拿著果汁牛奶一飲而盡。

啊——好喝！牛奶就是要手扠腰一口氣喝光！開玩笑的。

不過地下一樓有大浴場耶？我到現在還是難以置信。兵藤家在暑假當中經過一番大改造，變成地上六樓，地下三樓。地下二樓還有個游泳池，女生們偶爾想到就會去游一下。真是的，超級豪宅差不多就是這樣吧。

也因此多出各位眷屬居住的空間就是了，我的爸媽也很高興，所以算是好事一樁吧。

然後地下一樓的大浴場還備有各種牛奶，放在冷藏櫃裡當成泡澡後的飲料。

社長表示：

「日本人泡完澡就是要喝牛奶。」

好像是這麼回事。社長對日本的執著有時候真的很驚人。

題外話，我每天都喝不同口味。社長是果汁牛奶派，朱乃學姊、愛西亞、小貓是原味牛奶派，潔諾薇亞是咖啡牛奶派。

為了準備遊戲，剛進行練習的我跑來沖掉汗水清爽一下。我好像練習成癮，不做點訓練就是不放心，每天都在努力鍛鍊。

走出大浴場——我看見對面的大廳亮著燈。

地下一樓除了大浴場之外還有一個大廳，可以舉辦電影放映會，也可以進行各種訓練。我剛才也是在這裡練習。

我稍微打開門看了一下裡面——潔諾薇亞拿著練習用的劍不住揮舞。

身穿訓練服的她認真揮劍。

似乎是察覺到我的氣息，潔諾薇亞轉頭看向我這邊。

「……是一誠啊。」

「嗨。我不是故意要偷看，只是想說這裡的燈怎麼亮著。」

如此說道的我走進大廳。

「妳在練習嗎？」

「嗯，因為遊戲的日子快到了。」

「可是妳在日落之前已經練習很久了吧？」

沒錯，隨著遊戲的日子逼近，潔諾薇亞也逐漸增加練習量。今天白天她就埋頭苦練到幾乎快要過勞，表情像是著了魔。

木場在陪潔諾薇亞對練時，偶爾也會受到她的氣勢震懾。不過或許是因為太過心急，她也經常被抓住破綻遭到反擊。

「因為——我比木場還弱。」

眼神直率的潔諾薇亞如此說道。

的確，我們剛相遇時潔諾薇亞比木場強。然而曾幾何時他們的立場已經逆轉，木場在得到聖魔劍之後，更將才能發揮到淋漓盡致。

「從紀錄影像也看得出木場比我更能夠操控杜蘭朵——單純以才能這一點來看，木場應該比我強吧。」

潔諾薇亞的眼神稍微失去光采。我想她的心裡一定有點妒嫉木場吧。

「在我看來，妳和木場都很厲害。」

我這句鼓勵不了人的話讓潔諾薇亞笑了：

「謝謝。可是我最無法原諒的……是在上一場比賽當中什麼都沒做就退場的自己。所以我要重新鍛鍊，以免下次又大意落敗。」

……她是說那個吧。

潔諾薇亞在對抗西迪那一戰裡，敗給擁有反擊型神器(sacred gear)的副會長真羅學姊。

力量是潔諾薇亞比較強。但是特性受制於對手，以及時機不對，大概是因為這些負面因素的影響，才會讓她輸給真羅學姊。

我看過紀錄影像後，再次了解技巧型的可怕之處。單純的力量比拚不能決定勝負，我體會到決鬥、遊戲有多麼深奧。

不，以一般的戰鬥來說，我們應該是超強的吧。啊，不行。就是這種疏忽的心態容易招致敗戰。

「我現在知道，無論擁有多麼強大的力量，能夠打倒的辦法還是要多少有多少。雖然憑力量分出勝負是最簡單易懂的辦法。特別是因為排名遊戲是團體戰，比起一個人的力量突出，更要思考彼此能力的配合才行……成為上級惡魔之路真是艱辛。」

我一屁股坐到地上，嘆了口氣。想升格為上級惡魔，看來是前途多舛。

「一誠想成為魔王嗎？」

「不，我從來沒有想過……怎麼突然問我這個？」

「你將來會離開社長自立門戶吧？為了往上爬。」

「是啊，我是這麼打算沒錯。」

「愛西亞也說要跟你一起走。」

「嗯？啊啊，沒錯。我答應過要一直和她在一起。」

「那你和愛西亞離開時，也帶我一起走吧。」

──我沒料到事情會變成這樣。沒想到她會這麼說……

「妳為什麼想要跟著我？」

面對我的問題，潔諾薇亞帶著滿臉的笑意回答：

「因為跟一誠在一起很有趣。」

這樣啊，很有趣吧。

「了解。我會考慮的。」

「嗯。期待你的正面答覆。」

雖然不知道將來的計畫，不過和愛西亞還有潔諾薇亞一起自立門戶好像也很不錯。

我歪著頭思考這些事，一旁的潔諾薇亞忽然停下揮劍的動作。

「和一誠聊過之後，我的緊張好像紓解許多。」

潔諾薇亞靠近坐在地上的我──

啾！地一聲，在我的臉頰吻了一下！嗚喔喔喔！太過突然害我嚇了一跳！竟然親了我的臉頰！

「這是謝禮。下次親嘴比較好嗎？呵呵呵，那麼我今天就練到這裡。」

潔諾薇亞說完話便走了出去。

這個突如其來的吻，讓我只能輕撫自己的臉頰。

—○●○—

「時間差不多了。」

社長一邊開口，一邊站起身來。

決戰日。我們在深夜來到神祕學研究社的社團辦公室集合。愛西亞穿著修女服，潔諾薇亞穿著那套性感的戰鬥服。剩下的人都穿著駒王學園的夏季制服。

我們在社辦中央的魔法陣集合，等待傳送的瞬間。

對手是迪奧多拉．阿斯塔蒂。現任別西卜陛下的老家繼任宗主。雖然不知道他使用的是何種力量，但是他的魔力強大到足以單打獨鬥。

可是「國王(king)」落敗遊戲就結束了！只論力量的話，我們這邊可是有好幾個人不在他之下。他敢殺進來我們就反將他一軍！

話說我也該學學殺進敵陣以外的戰術……反擊啊，我也來學學看好了。塞拉歐格是超級力量型，可以算是我的同類。如果學會反擊應該有辦法逆轉情勢吧……對於力量型而言，技巧型的技術輕忽不得。

正當我用沒多大的腦袋胡思亂想時，愛西亞不安地握住我的手。

我不發一語，面帶微笑反握回去。

沒錯，首先要對付迪奧多拉，絕對不能把愛西亞交給他。

無論他使用何種魔力進攻，我都要保護愛西亞！

接著魔法陣發出光芒，傳送的時刻就此到來——

「……到了嗎？」

因為魔法陣刺眼的光芒受到影響的視力恢復之後，我睜開眼睛——

眼前是一片寬廣的空間。

……粗大的柱子隔著固定距離矗立。地上……鋪了石板。我左顧右盼環顧四周，發現後方有個巨大的神殿入口！

……好大。感覺是應該出現在希臘等地的神殿景色。乍看之下沒有一處損壞，看起來像是剛蓋好。天空依然是白色。

這裡就是我們的陣地囉。好——我要大顯身手。這次是短期決戰（blitz）嗎？還是長期戰？現在還不知道，不過我只要做好份內工作就對了！

我如此振作氣勢備戰……但是等了又等，卻遲遲沒聽見擔任裁判（arbiter）的人開始廣播。

「……真奇怪。」

社長如此說道。

就連我也感到疑惑，其他成員似乎也覺得不太對勁。

是不是官方出了什麼事？正當我歪著頭思考時——

神殿的反方向出現魔法陣！

咦！是迪奧多拉嗎？難道這次的遊戲是近距離會戰？

我不由得慌亂！眷屬們紛紛擺出備戰架式！

然而魔法陣不只一個！四周陸續發出亮光，一個接著一個包圍我們！

「……那不是阿斯塔蒂家的圖樣！」

木場舉劍備戰。

朱乃學姊也在手上製造出雷電，同時說道：

「……各個魔法陣之間完全沒有共通性。但是——」

「全部都是惡魔。而且我要是沒記錯——」

社長渾身冒出紅色的氣焰，以凌厲的視線掃射四周。

從魔法陣當中現身的是一大群——惡魔！所有人登場時都散發殺意、敵意！他們將我們團團圍住，惡狠狠地瞪著我們！

一、二、三……算了，不數了。這怎麼看都不只幾十、上百個！

不知道有幾百還是幾千，總之包圍我們的人數非同小可！放眼望去簡直就像惡魔旅行團大駕光臨！

「從魔法陣看來，那些全都是效忠『禍之團(Khaos Brigade)』的舊魔王派。」

──！

社長這番話令我大吃一驚！

真的嗎！「禍之團(Khaos Brigade)」──！他們怎麼會擅闖我們新生代惡魔的排名遊戲！對了，因為他們是恐怖分子！可是為什麼只有我們的比賽受害？

「可恨的冒牌魔王血親，吉蒙里。妳就在這裡喪命吧。」

包圍我們的惡魔之一對社長出言挑釁！對於支持舊魔王的惡魔，現任魔王以及相關人士果然都很礙眼吧。

「呀啊！」

尖叫聲！這個聲音是──愛西亞！

我轉頭看向愛西亞的方向，但是她不在那裡！

「一誠先生！」

聲音從空中傳來！我仰望上方，發現迪奧多拉抓住愛西亞！混、混帳————！

「嗨，莉雅絲．吉蒙里，還有赤龍帝。愛西亞．阿基多我帶走了。」

他竟敢用爽朗的語氣胡說八道！

「放開愛西亞，這個臭小子！太卑鄙了！還有這是怎麼回事！這不是我們的遊戲嗎？」

聽到我的大叫，迪奧多拉首次露出醜惡的笑容：

「你是白痴嗎？這才不是什麼遊戲。你們要在這裡被他們——『禍之團(Khaos Brigade)』的特務殺死了。就算你們的力量多麼強大，也對付不了這麼多上級惡魔和中級惡魔吧？哈哈哈哈，你們去死，快點死一死吧。」

社長狠狠瞪了飛在空中的迪奧多拉一眼：

「你和『禍之團(Khaos Brigade)』有所往來是吧？太差勁了。而且還玷污遊戲，簡直罪該萬死！最該死的是居然搶走我可愛的愛西亞……！」

社長的氣焰變得更加強烈。她發火了！說得也是！就連我也快要爆炸了！這個傢伙！就只有這個傢伙！

「因為我覺得和他們一起行動，才能盡情去做我喜歡的事。算了，你們愛掙扎就掙扎吧。我會在這段期間和愛西亞結合。你聽得懂嗎，赤龍帝？我要把愛西亞變成我的東西。如果你想追過來，就到神殿的最裡面吧。應該可以看到很棒的場面喔。」

在迪奧多拉的嘲笑聲中，潔諾薇亞對我大喊：

「一誠，給我阿斯卡隆！」

「好！」

我立刻顯現手甲，從前端拿出劍交給潔諾薇亞。

「愛西亞是我的朋友！我不會讓你稱心如意的！」

潔諾薇亞的眼中也燃起怒火。

她迅速砍向飛在空中的迪奧多拉——但是迪奧多拉發出魔力彈，破壞潔諾薇亞的姿勢。劍沒有砍到迪奧多拉，但是發出的神聖波動襲向那個傢伙！很好！就這樣中招吧！

正當我如此心想時，迪奧多拉在空中以舞蹈般的動作輕巧地閃過攻擊！

可惡！果然沒這麼容易打倒他嗎！攻擊姿勢被破壞果然有所影響！

「一誠先生！潔諾薇亞！——」

愛西亞在求救！但是空氣「嗡——」一陣震盪，空間隨之扭曲。

迪奧多拉和愛西亞的身體也跟著變形，逐漸消失。

「愛西亞————！」

我呼喊消失在空中的愛西亞，卻得不到回應。

……可惡！說什麼要保護愛西亞！又來了！又是這樣！

「一誠同學！冷靜下來！現在要優先清理眼前的敵人！解決之後我們再去救愛西亞！」

木場激勵頹喪倒地的我。

……沒錯。其實很簡單，只要突破這個局面，到迪奧多拉那邊狠狠揍那個傢伙一頓，搶回愛西亞就對了！

迪奧多拉————！我絕對不會原諒你這個傢伙！

包圍我們的惡魔，他們原本都屬於舊魔王後裔的派系吧。這方面的內情我不是很清楚，不過既然要妨礙我們都得倒下！

惡魔們的手上發出怪異的光芒！他們打算同時發射魔力彈！

迪奧多拉剛才說他們之中除了中級惡魔之外，還有上級惡魔。我們能夠完全擋下魔力彈的攻擊嗎？

最好的辦法大概是躲到柱子後面撐過攻勢，再各個擊破吧？或者是不管他們，一口氣衝進神殿？

當我在摸索突破危機的辦法時，在一觸即發的氣氛當中，響起「呀！」的尖叫。

是朱乃學姊的聲音！怎麼了？我看往聲音傳來的方向——發現一個身穿長袍的獨眼臭老頭掀起朱乃學姊的裙子看她的內褲！

「嗯——好屁股。最棒的就是年輕人才有的緊緻感。」

這、這個臭老頭！

我從朱乃學姊身邊拖走那個老頭！朱乃學姊的屁股是我的！

「臭老頭！你是從哪裡冒出來的！等等——你是！」

我認得這個老頭！沒錯，在對上會長那一戰結束之後，我在醫療室休息時，這個老爺爺過來找過我。

如果我沒記錯，這個老爺爺是——

「奧丁大人！您怎麼會來到這裡？」

社長在驚訝之餘如此問道。

沒錯！是奧丁！北方的神！神大駕光臨！

老爺爺撫摸下巴的白鬍子說道：

「嗯。說來話長啊，不過簡單說來，就是『禍之團（Khaos Brigade）』占據這場遊戲。」

果然連遊戲本身都遭殃了！

「現在官方和各勢力的人正在彼此合作，迎擊他們。目前已經查出迪奧多拉·阿斯塔蒂私下和舊魔王派有所掛勾。他在之前的比賽當中之所以能夠急遽提升力量，大概是因為得到奧菲斯的『蛇』吧。不過以現在的局勢來看，你們的處境很危險吧？所以你們需要救援。然而這個遊戲領域籠罩在強力的結界之下，力量不夠的年輕小輩很難突破、破壞。尤其是破壞更是難上加難。除非能夠從內部阻止張設結界的傢伙，否則無計可施。」

「那麼老爺爺是怎麼進來的？」

「我將一隻眼睛交給密米爾之泉，對於這方面的魔術、魔力，以及其他各種術式都很了解。結界也包括在內。」

老爺爺讓我看他左邊的眼睛——眼窩當中嵌著一顆看似水晶的東西，裡面還浮現閃著光芒的魔術文字。

抖……

看見映在水晶義眼當中的文字，我有股身心彷彿都受凍僵硬的感覺。好危險的光芒……！透過神器(sacred gear)，我可以感覺到德萊格也在緊張。

「對手是北歐的主神！打倒他就能揚名立萬！」

那些舊魔王派的惡魔同時發射魔力彈！這個數量——不妙！

正當我們有所覺悟，準備抵禦那些魔力彈時，奧丁老爺爺用手杖敲了地面一下。

砰砰砰砰砰砰砰砰！

飛向我們的無數魔力彈在空中爆炸、消失！

「呵呵呵。」老爺爺捋著鬍鬚笑了。

老爺爺好強！不愧是神！三兩下就消滅魔力攻擊！

那些惡魔也都臉色大變。裡面明明有很多上級惡魔，老爺爺還是應付得這麼輕鬆！

「照理來說，以我的力量應該能夠打破結界，但是用盡全力只能夠進來這裡……真不知道對方是多強的術士。總之阿撒塞勒那個小鬼要我把這個交給你們。真是的，居然差遣老人家做事，真拿那個小夥子沒辦法……」

這位老爺爺真愛抱怨……老爺爺邊說邊交給我們吉蒙里眷屬人數的小型通訊器。

「好了，這裡交給老頭子，你們快點跑向神殿。老頭子說要上戰場掩護你們，算是你們運氣好。」

老爺爺拿手杖指向我們，我們身上便籠罩一層薄薄的氣焰。

「這個法術可以保護你們到神殿。好了，快跑快跑。」

「可是老爺爺！你一個人沒問題嗎！」

我開口表示擔心，然而老爺爺只是愉快地笑了：

「我還用不著一個只活了十幾年的小娃兒擔心——」

老爺爺的左手出現一把狀似長槍的東西。

「——昆古尼爾。」

他拿著長槍對惡魔發動攻擊！瞬間——

嗡————————！

長槍發出極大的氣焰，貫穿空氣的尖銳聲音響徹周遭！

——！

我簡直不敢相信我的眼睛。範圍極為寬廣的攻擊深深挖開地面，出現一道直直向前延伸的痕跡！剛才的攻擊大概消滅了幾十個惡魔！

好驚人的威力！這已經不是非比尋常能夠形容！

「沒什麼，老頭子偶爾也得運動運動，否則身體會變得不靈活。好啦，你們這些恐怖分子惡魔，使盡全力攻過來吧。我這個糟老頭可是強到超乎你們的想像喔。」

有所保留還有這種威力！嗚哇……神的威力真的和我們不同層次……

惡魔們的臉色顯得十分緊張，已經沒有人向剛才一樣胡亂進攻，想要揚名立萬了。

「不好意思！這裡就拜託您了！」

社長向奧丁老爺爺行個禮，對著我們說道：

「我們過去神殿！」

我們也回應社長的話，開始跑向神殿。

在我們行動的這段期間，老爺爺和惡魔再次開戰。

一道神殿的入口，我們立刻將奧丁老爺爺交給我們的通訊器戴在耳朵。

戴上之後，一個熟悉的聲音傳來：

『你們沒事吧？我是阿撒塞勒。看來奧丁老爺子把東西交給你們了。』

——是老師。

『我相信你們一定有話想說，不過先聽我說。「禍之團(Khaos Brigade)」的舊魔王派襲擊這場排名遊戲，你們所在的戰場，以及位於不遠之處的空間領域的ＶＩＰ室附近滿是舊魔王派的惡魔。但是我們事前已經預料到這種情況，現在各個勢力正在同心協力，擊退舊魔王派的那些傢伙。』

也就是說前來觀戰的貴賓也受到襲擊，情況很糟糕吧。話說已經預料到這種情況是怎麼回事？

『最近發生許多現任魔王的關係人士離奇死亡的事件。這些都是「禍之團(Khaos Brigade)」舊魔王派暗中行動的結果。格喇希亞拉波斯家的繼任宗主的意外死亡，其實也是舊魔王派下的毒手。』

……也就是說混混惡魔的親人是被「禍之團(Khaos Brigade)」幹掉的囉。他們之所以會要他的命，果然還是因為和現任魔王有血緣關係？

『情報指出主謀是舊別西卜和舊阿斯莫德的子孫。就像我打倒的那個卡特蕾雅．利維坦一樣，舊魔王派的人對於當今魔王政府的怨恨很深。他們對這場遊戲發動恐怖攻擊作為顛覆世界的前哨戰，打算在此殺害現任魔王的關係人士做為血祭吧。正好現任魔王以及各個勢力的幹部級人物也來到這裡，再也沒有比現在更適合襲擊的時機。之前的阿斯塔蒂家對抗阿加雷斯大公家那一戰，也出現讓人懷疑會發生這種事的跡象。』

也就是說，舊魔王派一開始就盯上我們的遊戲。敵人的目標是現任魔王以及現任魔王的血親──社長，還有前來觀戰的各個勢力領袖。奧丁老爺爺想必也是目標之一吧。

「那麼迪奧多拉的魔力提升到超乎原有實力的那個現象呢？」

社長如此問道。

『大概是借用奧菲斯的力量吧。我猜那些傢伙也沒料到迪奧多拉會在遊戲當中使用。就是因為他用了，再加上格喇希亞拉波斯家的事件，我們才會預料這次的遊戲可能會出事。不過他們沒有因此取消作戰。』

那個臭小子，是靠著敵人老大的力量強化自己嗎！還靠這一招贏得比賽！真是越來越讓人討厭了────！

『對他們而言，只要能夠收拾我們，其他事情大概怎樣都無所謂。對我們來說這也是絕無僅有的好機會，正好藉此剷除對世界的未來有不良影響的舊魔王派。現任魔王、天界的熾天使、奧丁老頭、希臘諸神，連帝釋天那邊的佛都來了，打算將恐怖分子一網打盡。不過我們也事先向各勢力的領袖以極機密的方式提出恐怖攻擊的可能性，詢問他們是否參加這次的作戰。結果每個傢伙都答應了。每個勢力都不落人後，現在所有人都在大殺特殺那些舊魔王派的惡魔。』

每個勢力的高層都擺出「絕不屈服於恐怖攻擊！」的態度是吧。

「……這場遊戲不算數啊。」

『不好意思，莉雅絲。我才說過戰爭沒那麼容易發生，事情就變成這樣。這次害得你們陷入危險了。基本上我原本想在遊戲開始之前把事情搞定的，因為我覺得他們會在那個時候動手。結果事情正如同我的預期，但是我讓你們傳送到危險的地方也是事實。這個作戰計畫是由我擬定，也說服瑟傑克斯。因為我實在很想把舊魔王派那些傢伙揪出來。』

「萬一我們因此喪命，你打算怎麼辦？」

我若無其事地發問，但是老師以認真的語氣說道：

『我也會負起相對的責任。如果交出我的腦袋能夠了結，我就會那麼做。』

——老師已經有一死的打算了。

這次為了引誘敵人過來這裡，他居然有這種覺悟……

這件事雖然也很重要，但是我得把剛才發生的大事告訴老師才行！

「老師，愛西亞被迪奧多拉帶走了！」

『——這樣啊。只是無論如何我都不能繼續讓你們待在那麼危險的地方，愛西亞的事交給我們處理。那裡即將成為戰場，舊魔王派的傢伙正透過魔法陣不斷傳送過去。那座神殿設有隱藏地下室，構造相當堅固。在戰鬥平息之前，你們先躲到裡面。之後我們會收拾那些恐怖分子。這個領域包圍在隸屬於「禍之團(Khaos Brigade)」的神滅具(longirus)持有者製造的結界之下，所以要進來還有辦法，想出去卻是近乎不可能——神滅具(longinus)「絕霧(dimension lost)」。那個在結界、空間方面的神器(sacred gear)當中，也是特別出類拔萃的一個。或許就是因為這樣，就連擅長術法的奧丁臭老頭都無法破壞。』

「老師也上戰場了？」

『是啊，我和你們在同一個領域裡。不過因為這個領域相當廣大，我們離得很遠。』

「我們要去救愛西亞。」

我直截了當地說道。

『你有沒有搞清楚現在是什麼狀況？』

老師的聲音當中帶有怒氣。但是我不會死心！我怎麼可能死心！

「太、太複雜的事我不懂！可是愛西亞是我的同伴！我的家人！我想去救她！我不想再一次失去愛西亞！」

沒錯！在我們像這樣爭論時，那個傢伙不知道在對愛西亞做什麼！光是想到這點，就讓我怒火中燒！

社長面帶大膽的笑容說道：

「阿撒塞勒老師，不好意思，我們要直接進去神殿救愛西亞。遊戲雖然泡湯，但是沒有和迪奧多拉分出勝負，我無法服氣。我得要好好教訓他，讓他知道搶走我的眷屬是件多麼愚蠢的事！」

社長────！不愧是社長！太明理了！

接著朱乃學姊也表示：

「阿撒塞勒老師，以我們擁有的權限，在三大勢力當中有什麼可疑行動時可以行使武力吧？現在正是使用權限的時候吧？迪奧多拉可是對現在的惡魔勢力採取反政府行動喔。」

喔喔！沒錯！我們確實擁有這種權限！不愧是朱乃學姊！

通訊器另外一頭的老師嘆了口氣：

『……真是一群頑固的小鬼……算了，這次沒有任何限定條件。正因為如此，沒有任何事物可以限制你們的力量──盡情大鬧一場吧！尤其是一誠！讓那個叛徒小子迪奧多拉見識見識赤龍帝的力量！』

喔喔！老師，你也很好說話嘛！謝謝你！

「好的！」

我以充滿氣勢的吼聲回答！

『最後再聽我說一件事，這件事很重要。他們明知道我們可能已經料到他們的計畫，卻還是展開行動。也就是說他們的作戰計畫即使稍微被敵人看穿也沒關係。』

什麼意思？我心生疑問，但是社長似乎聽懂了。

「你是說對手可能備有什麼秘密招式，才會發動這次的恐怖攻擊？」

『沒錯，雖然還不知道那是什麼，但是這個領域很危險是不變的事實。遊戲中止了，所以不會有擊破傳送。要是碰上什麼危險可沒有方法拯救你們，這點你們要好好記住——你們可要充分留心。』

……這樣啊，因為對手很有信心，才會在這次恐怖行動敗露之後依然發動攻擊。雖然不知道他們想做什麼，但我們該做的事十分簡單明瞭！

揍飛迪奧多拉，救出愛西亞之後，就逃到神殿的地下！沒有擊破傳送讓人有點害怕，但是只要在被幹掉之前解決對手就行了！

不過為什麼我經常像這樣碰上這些強者？

——力量自然會聚集到龍的身邊。

這麼說來，之前好像聽過這種說法。因為赤龍帝寄宿在我身上，才會這麼容易碰上這種事嗎……？

「小貓，愛西亞呢？」

社長要求小貓進行搜尋。小貓在頭頂冒出貓耳，然後伸手指向神殿深處：

「……我感覺到愛西亞學姊和迪奧多拉・阿斯塔蒂的氣息從那邊傳來。」

很好！愛西亞，妳等我。我馬上過去！

我們所有人不發一語地彼此點頭示意，便朝神殿深處奔跑。

—○●○—

神殿內部是個廣大的空間。感覺就像一直向前延伸的大廳。大廳裡除了整排巨大的柱子，沒有其他醒目的東西。

穿過神殿之後，前方又出現新的神殿，我們朝那裡繼續前進。重複了幾次同樣的狀況，在我們進入某處神殿時——感覺到一股氣息！

我們停下腳步，同時擺出架式。

前方——是十個身穿長袍，戴上風帽的嬌小人影。

『嗨，莉雅絲・吉蒙里和各位眷屬。』

——！

迪奧多拉的聲音在神殿裡迴響！從哪裡傳來的！

『哈哈哈，赤龍帝，你那樣環顧四周也找不到我。我在更前面的神殿等著你們——我們來玩吧。排名遊戲取消了，我們就來玩個替代遊戲。』

那個傢伙還在胡言亂語！

他是用魔力把聲音傳過來嗎？不過什麼遊戲？他想幹什麼？

『我們各自派出自己的棋子，依序進行比賽。規則是用過的棋子在抵達我身邊之前不能再用，剩下的就隨你們高興。第一場比賽，我派出「士兵」八名和「城堡」兩名。對了，那些「士兵」全都已經升格「皇后」了。哈哈哈，一開始就要對付八名「皇后」，應該沒問題吧？畢竟莉雅絲．吉蒙里是以擁有力量強大的眷屬聞名的新生代惡魔嘛。』

簡直亂七八糟！突然就要我們和全都升變成「皇后」的八個「士兵」還有兩個「城堡」戰鬥！總共十個人！

迪奧多拉的眷屬把風帽拉得很低，看不到臉孔。不過我知道他們的性別！若是沒記錯，八個「士兵」全是女生！真好～～後宮眷屬……不行不行，我不可以羨慕迪奧多拉那個混帳！

「好啊，我就陪你玩玩。我的眷屬有多麼強大，你就好好銘記在心吧。」

社長爽快地答應了！真的假的！這樣好嗎？

「就這樣接受對手的提議好嗎？」

面對我的提問，社長瞇起眼睛說道：

「還是答應比較好。畢竟……對方抓了愛西亞當人質。」

——

對了，如果隨便刺激他，不知道他會做出什麼事。

社長指著我說道：

「我們派出一誠、小貓、潔諾薇亞、加斯帕。」

我們要用四個人突破這個局面？這樣人數應該完全不夠吧！

「剛才叫到的成員，過來一下。」

我、小貓、潔諾薇亞、加斯帕集合到社長身邊，社長對我們耳語：

（兩名「城堡（rook）」交給潔諾薇亞對付。妳可以盡情發揮，使出全力招呼他們。）

（了解。很好，我最擅長這種戰術了。）

喔喔，潔諾薇亞好像很開心的樣子！不過她說得沒錯，如果沒有任何限制，她應該有辦法對付兩名「城堡（rook）」。畢竟她原本就是力量型。

（對付「士兵（pawn）」的戰術，攻擊由小貓負責。妳使用以仙術凝聚的氣攻擊對手，從根本斷絕對手的戰力。一誠和加斯帕負責支援小貓，不過你們才是這一戰的關鍵。一誠，讓加斯帕喝你的血。）

（……了解。）

（了解～～！）

（了解，社長！）

我們各自點頭。不過社長這次只對我開口。

（一誠，聽我說……）

嗯、嗯……什、什麼……？

社長的追加指示讓我渾身顫抖！真的假的！可以吧？真的可以吧！

我最後又確認一次，社長點頭了！

好啊——————————————————！

我在心中大叫！剛才的危機意識也煙消雲散！

沒問題！我、我們打得贏那些傢伙——————————————！

『那就開始吧。』

迪奧多拉的話讓他的眷屬們同時擺出架式。

我用木場的魔劍稍微劃開指尖，讓加斯帕喝血。

撲通！

我看見加斯帕的胸膛劇烈起伏。下個瞬間，異樣的氣焰包覆加斯帕的身體，紅色雙眸也閃爍怪異的光芒。好，加斯帕的氣氛改變了。這樣就準備就緒了！

潔諾薇亞解放杜蘭朵，再加上阿斯卡隆，她擺出二刀流的架式，走向兩名「城堡」。

「歸還愛西亞。」

潔諾薇亞全身散發前所未見的壓力。

她的眼神好銳利。

「……我先前沒有稱得上是朋友的人。因為我一直認為沒有那種東西也活得下去，一直認為只要有神的愛就活得下去。」

噠！

兩名「城堡」朝潔諾薇亞衝來——好快！是兼具速度的「城堡」！

潔諾薇亞無動於衷，繼續說下去：

「現在有一群人毫無隔閡地接納這樣的我。尤其是愛西亞，她總是對我微笑。她說我和她是『朋友』。」

沒錯，妳是我們的夥伴、我們的朋友，潔諾薇亞。

在千鈞一髮之際躲過兩名「城堡」激烈的拳腳攻擊，潔諾薇亞的眼神帶著憂鬱：

「……第一次見面時，我對愛西亞說了很過分的話。我叫她魔女，叫她異端。可是愛西亞卻像什麼事都沒發生一般找我聊天。而且還說我是『朋友』！」

潔諾薇亞……妳一直那麼介意嗎？

「所以我要救她！我的好朋友！愛西亞！我要救她！」

隆！

杜蘭朵發出強烈的波動，震飛兩名「城堡」。

潔諾薇亞高舉杜蘭朵，以含淚的聲音大喊！

「所以！所以拜託了！杜蘭朵！回應我吧！我不要失去愛西亞！若是失去愛西亞，我……！拜託！借給我！借給我拯救朋友的力量吧！杜蘭朵——————！」

轟——————！

像是在回應潔諾薇亞的嘶吼，杜蘭朵的神聖氣焰膨脹為數倍！這個氣焰的質量極為驚人！光是餘波就足以讓沒有遭到攻擊的我也感受到有如針刺的感覺！

杜蘭朵——散發的光輝幾乎有之前的十倍。好厲害……

啪！鏗！

光是杜蘭朵自然發出的神聖氣焰就足以讓潔諾薇亞周遭的景物出現裂痕。

「最近我才理解，要巧妙控制杜蘭朵對我來說是不可能的事。要像木場那樣讓波動平穩飄散，或許得花上很久的時間。既然如此，現在的我只要顧著向前衝就好。我決定強化杜蘭朵驚人的鋒利度與破壞力。」

潔諾薇亞將杜蘭朵及阿斯卡隆在頭上交疊。杜蘭朵的波動流向阿斯卡隆，神聖氣焰變得更加驚人。

或許是受到杜蘭朵的觸發，阿斯卡隆產生龐大的神聖波動，促使雙方發出的氣焰產生交互作用。

「好，我們上吧！杜蘭朵！阿斯卡隆！為了拯救我的好友！回應我的意念吧————！」

杜蘭朵及阿斯卡隆向天射出巨大的光柱！神殿的天花板出現一個大洞！潔諾薇亞一口氣將光柱朝兩名「城堡（rook）」揮落！

嘩————————！

兩股足以稱作巨浪的神聖波動彼此融合，淹沒兩名「城堡（rook）」！

轟————————！

神殿劇烈搖晃！晃動平息之後，我的眼前出現——

潔諾薇亞的前方有兩道波動留下的痕跡。痕跡前方的柱子、牆壁完全消失，天花板也從潔諾薇亞的正上方遭到破壞！話說一半以上的神殿都被兩把聖劍的波動炸飛了！

這就是潔諾薇亞毫無保留的攻擊！而且是神聖的氣焰，對付惡魔肯定具備必殺的威力！

不，沒這麼簡單！根本不會留下任何痕跡！事實上，那兩名「城堡（rook）」已經完全消失了！

從對戰大公家的影像看來，那兩名「城堡（rook）」並不弱，我甚至覺得他們很強。然而竟然一擊就……

如果在上次的遊戲使用這招，我們的評價肯定會一下子跌落谷底……

潔諾薇亞用力喘氣。看來這招無法連續使用。

她完成了分內的工作。接下來輪到我們了！

「小貓、加斯帕！我們上！」

「是！」

答得好！

「喵！」

小貓叫了一聲，冒出貓耳和尾巴！嗯！叫聲和貓耳模式可愛到讓我噴出鼻血！

對手是化為「皇后（queen）」的「士兵（pawn）」八名！這樣的組合也許是最強的敵人，但是我們有必勝法！

「首先我也升變！」

遊戲中得前往敵人陣地才能升變，但是現在遊戲已經不成立，只要社長同意我就可以變成「皇后（queen）」！所以我立刻升變！

我的體內湧現一股力量！好！這下子辦得到！

『Boost!!』

接著再加上赤龍帝的手甲（boosted gear）的力量！

『Explosion!』

我將魔力集中在腦袋！讓我再次解放吧！這個曾經遭到封印的禁忌能力！

「煩惱解放！想像力最大！擴展吧！我的舒適夢想空間！」

一個神祕的空間以我為中心展開！

「社長————！我是個變態！我很好色！儘管如此，我還是要為了妳使用這招！不，我要為了自己而用！」

對社長立誓之後，我瞄準前方的八名女性「士兵（pawn）」——的胸部！

我知道社長一臉受不了我的模樣，但是現在就當沒這回事！

「乳語翻譯（pilingual）！」

成功了！我的秘技在她們身上產生作用！她們已經無法逃離！接下來才是重頭戲！

「嘿！『士兵（pawn）』的胸部們，從右邊開始依序告訴我妳們接下來想做什麼！」

我閉上眼睛，對胸部說話！於是胸部以只有我聽得見的聲音吐露心聲！

『首先把那個礙事的吸血鬼的眼睛封印起來♪』

『三個人合力一口氣發動攻勢！』

『打倒吸血鬼，打倒他！』

赫！我睜開眼睛，將聽到的情報告訴兩人！

「她和她和她的目標是加斯帕！加斯帕，把我剛才點到的三個人停住！」

「是、是～～～！」

加斯帕以神器(sacred gear)的力量停住我點名的三名「士兵(pawn)」！

僵。

加斯帕的眼睛捕捉到三名「士兵(pawn)」，輕易地停止她們的行動！

好！停住了！喝了我的血，加斯帕的狀況很好！再來！換聽另外一邊的「士兵(pawn)」的心聲！

「妳們又在想什麼呢？」

『哇——喔，她們三個被停住了！這樣一來我們幾個的目標是貓又或許也會被看穿！』

『難道他就是傳說中能聽見胸部聲音的龍？好可怕——！我們想攻擊貓又啊！我們還用防禦術式想對付他的讀心術，該不會沒用吧？』

『貓又要知道我們的行動了！』

原來如此，這三個的目標是小貓！居然耍這種小聰明！

話說她們還想了辦法避免我看穿她們的心聲。說得也是，要不然明知道有我，怎麼還會派八名女性大搖大擺攻過來！

「加斯帕，接下來是那三個，她們要攻擊小貓！把她們停在那裡！」

「好、好的——！」

錚！僵。

加斯帕的目光一閃，又有三個人當場停止動作！

——剩下兩名「士兵」！一瞬之間！只在一瞬之間！

「哇哈哈哈哈哈哈哈哈哈哈哈哈！簡直是一面倒！八名已經變成『皇后』的『士兵』面對我們的合作攻勢卻無計可施，眼看著就要倒下！」

我發出下流的邪惡笑聲！

太開心了！這真是太開心了！針對女性敵人，我的招式能夠掌握她們的動向到如此清楚的地步！而且和夥伴合作更是最強的連續技！

能夠聽見對手的心聲，就表示能夠掌握動向。既然知道對手將會如何行動，只要把方向告訴加斯帕，讓他停止對手就行了。加斯帕的戰鬥經驗不多，不知道對手會如何出招就無法有效使用神器，但是如果能夠知道對手的行動又另當別論！

迪奧多拉想必也沒算到吧。沒算到我這招只針對女性能夠發揮到如此淋漓盡致！連我自己都驚訝這個計算之上的力量！沒想到對於準備因應手段的人都能確實生效。

啊，因為我不是直接讀心，而是讓胸部說出心聲，或許是這種微妙的差別使得她們的因應手段失效吧。

剩下兩個。她們看見我們的合作攻擊，不禁嚇得往後退。

哼哼哼，很可怕吧！妳們的攻擊會被看穿，動作會被停住！

「……這怎麼想都是壞人的舉動。」

啊嗚！小貓嚴厲的吐嘈！說得也是！我也這麼覺得，不過這是對決！不能講情面！更重要的是我們要救愛西亞，為此我要盡情傾聽胸部的聲音！

我慢慢向前，輕輕觸碰一個被停住的「士兵(pawn)」。

啪啪啪！

她的長袍瞬間爆開，全裸見人。哎呀呀，是美少女！之前蓋在風帽下看不見長相，原來迪奧多拉聚集了不少好女人。

這樣更加讓人無法原諒！而且這名女孩的身材真不錯！

噗！我一面噴鼻血，一面露出無所畏懼的笑容。我又觸碰其他停止的「士兵(pawn)」破壞她們的衣服。這個的胸部也好大！存進腦中存進腦中。

既然被停住了，就表示我對她們做什麼都ＯＫ。

「……呵呵呵。看吧。動彈不得的人就是這麼沒有防備，破壞衣服更是如此容易。乳語翻譯(pilingual)加上洋服崩壞(dress break)的連續技。對手是女生的話，原來是如此無敵……」

我不由得害怕自己的可能性。沒想到窮究性慾的我得到這麼強大的力量……仔細一看，剩下的兩名「士兵（pawn）」都不住顫抖。心思被人看穿、動作被人停住、衣服遭到破壞、裸體被看光。對女性而言，沒有比這更屈辱的遭遇吧。

「——老師，我開始覺得自己或許有一天可以統治胸部。」

我感覺阿撒塞勒老師好像在我心中說出「稱霸胸部者就能稱霸世界」。是的，老師。我會稱霸胸部的！

「好啦——該如何料理剩下的兩位小姐呢——！」

我面帶下流的笑容，雙手的五指不住抓動，結果小貓「叩！」一聲朝我的臉上賞了一記拳頭！

……好痛。會痛啦，小貓……

「……趕快打倒她們吧，大色狼學長。」

小貓一邊開口，一邊用拳頭將停止的敵方「士兵（pawn）」一一打倒。

我迅速對加斯帕做出指示，將剩下的「士兵（pawn）」也停住。

真是說不過小貓大小姐，我會俐落地打倒她們的……

果然，只要對手是女性，乳語翻譯（pilingual）配上加斯帕的組合就是最強、最兇惡的。

「呼——先取得一勝。」

我和小貓、潔諾薇亞、加斯帕，順利打倒八名「士兵」和兩名「城堡」。

原本在戰鬥之前我還覺得戰況對我們非常不利，一旦開始卻是我們得到完全勝利。

……老師所說的沒有限制的我們，真的很厲害。不過正如同塞拉歐格所說，要是戰術一成不變，無計可施、被解決的只會是我們。

戰鬥真是太深奧了。像剛才也是，如果那群「士兵」當中夾雜男人，我們肯定會陷入苦戰吧。幸好迪奧多拉是個好色的傢伙。「士兵」之所以全部都是女生，肯定是因為那個傢伙也很好色。我看得出對這種事有興趣的人。

那些「士兵」都在被停住之後，由小貓用仙術讓她們無法凝聚魔力，為了以防萬一還用加斯帕的吸血鬼能力讓她們昏厥，並且把她們綁在柱子上。

這樣一來敵人只剩下「皇后」、「騎士」兩名、「主教」兩名，還有迪奧多拉了。對方可是滿額編制。我們還沒上場的有社長、朱乃學姊、木場。

「我們走吧。」

隨著社長一聲令下，我們邁向下一個神殿。

第二批等待我們的——是三名敵人。

「……如果我的記憶無誤，根據紀錄影片判斷，對手是兩名『主教(bishop)』和『皇后(queen)』。」

木場如此說道。木場這個傢伙，到底是怎麼判斷的？他們都穿著一樣的長袍，我根本無從分辨。是從身高來看嗎？還是魔力的性質？

不過第二戰就派出「皇后(queen)」了。話說第一批對手也是，迪奧多拉的戰術是在開場(opening)配置主要戰力嗎？

剩下的兩名「騎士(knight)」光是從影片看來，實力遠遠不及木場。

「我等妳很久了，莉雅絲．吉蒙里大人。」

迪奧多拉的「皇后(queen)」掀開風帽，露出臉孔。喔喔！美女！是個金髮女子，一雙碧眼也好漂亮。

迪奧多拉的「主教(bishop)」好像一個是女性，另外一個是男性。兩個都把風帽拉得很低，沒露出長相。在影像裡，這兩個「主教(bishop)」的魔力和支援都相當優秀。

只論魔力的話應該超越愛西亞和加斯帕吧。至於支援能力還是我們的「主教(bishop)」比較強。畢竟是恢復和時間暫停。

問題大概是「皇后(queen)」吧。這位「皇后(queen)」小姐，和阿加雷斯大公家的「皇后(queen)」直接對決，最後還贏了。我記得她的火焰魔力很厲害。

「哎呀哎呀，那麼就由我上場好了。」

朱乃學姊向踏出前一步！這裡是由朱乃學姊上場嗎！

「剩下的兩個『騎士(knight)』只要有祐斗就夠了。我也上場。」

社長也表態了！兩位大姊姊並列在前！

「哎呀，社長，我一個人就夠囉。」

「妳在說什麼。就算妳會使用雷光，還是不應該太逞強喔？與其在這裡受傷，不如穩紮穩打，將耗損壓低在最小限度。」

雷光與毀滅之力！兩股強大的力量並肩作戰！感覺這對搭檔可以放心在一旁觀戰！

小貓輕戳了我兩下。嗯？怎麼啦，小貓？

小貓示意要我蹲下，然後在我耳邊輕聲耳語。

嗯嗯，原來如此原來如此。

「這樣就可以了？」

「……是的。這樣就能增強朱乃學姊的力量。」

嗯——雖然不太懂，不過既然是小貓的請求，我就照做吧。

「朱乃學姊——」

聽到我的呼喚，朱乃學姊轉過頭來。

「那個，如果妳面對他們能夠取得完全勝利，下個星期天我們去約會吧！——喂，這樣真的可以嗎，小貓？只不過是和我約會的權利，朱乃學姊怎麼可能——」

錚！啪喳！啪喳！

四面八方忽然冒出紛亂的電流。原本我還以為發生什麼事，一看向朱乃學姊——發現她渾身散發雷光的氣焰！

「……呵呵呵。呵呵呵呵呵呵呵呵呵呵呵呵！可以和一誠約會！」

喔喔喔——！朱乃學姊露出震撼力十足的笑容，朝周遭射出雷電！

「太過分了，一誠！你都已經有我了，還對朱乃說出那種話！」

咦咦咦咦咦咦！這次是社長眼眶含淚向我抗議！我完全不懂發生什麼事————！

「呵呵呵，莉雅絲，這也證明我的愛傳達給一誠了。看來妳只好死心囉？」

「妳、妳在說什麼！不過是得到約、約、約會一次的權利就興奮到射出雷電的下流朱乃不准說那種話！」

奇怪？怪了？社長和朱乃學姊好像開始吵架了？

「妳說什麼？直到現在還沒做過的妳才沒資格說那種話。該不會是妳的身體太沒有魅力了吧？」

「才、才沒有這種事！之、之前他！」

「他怎麼樣？」

「……在床上摸了我的胸部好久。」

「……那只是因為一誠的睡相太差，無意間導致的結果吧？」

「…………我、我們還有接吻。而且還兩次。」

啊，社長剛才的聲音可愛到讓我快要受不了了。完全就是普通的女孩子。

「那麼我也可以馬上和一誠舌吻。在莉雅絲的眼前連續三次。」

「朱乃！不行！那怎麼可以！我不要想像妳的舌頭伸進他的口中的畫面！他的嘴巴是屬於我的！」

……這是什麼對話啊，兩位大姊姊。

又為了我這個僕人吵起來了？嗯——總覺得有點開心又有點害羞……

對方的「皇后(queen)」和「主教(bishop)」好像也相當困惑，不知道該如何反應。

或許是受不了這種氣氛，「皇后(queen)」全身散發出炎之氣焰激動說道：

「妳們兩位！節制一點！居然把我們當成空氣在那邊爭風吃醋——」

「吵死了！」

轟隆————！

社長和朱乃學姊朝「皇后(queen)」和兩名「主教(bishop)」發出極為強力的攻擊！攻擊的威力驚人，質量更是大到令見者不寒而慄！

毀滅的魔力與雷光的魔力同時襲來，交互扭轉，毫不留情地吞沒敵人！同時也將周圍的景物炸得粉碎！

……滋滋……

「皇后」小姐以及兩名「主教」冒著黑煙，倒在地上。

……這怎麼看都爬不起來了……都怪對方在她們吵架時插嘴才會導致這種結果……

這番話由我來說好像很怪，不過這場戰鬥實在很糟糕。話說惹大姊姊生氣好可怕。

不過她們還沒吵完！

「朱乃清楚一誠的身體嗎！我可是連細節都知道喔！」

「妳只是知道，卻沒有接觸或是接納吧？因為莉雅絲只會出一張嘴！我可是做好準備在任何時候迎接他！」

「唔嗯嗯嗯！好吧……算了。關於這件事，等到救出愛西亞之後我再慢慢跟妳聊。先去救愛西亞吧。」

「嗯，我知道。對我來說愛西亞也和妹妹一樣。」

喔喔，兩位終於達到共識了！

打倒「皇后」和「主教」，我們繼續朝神殿內部前進。

「愛西亞，這次爸爸會去參觀運動會喔。」

「我們會好好拍下妳的表現！啊——愛西亞跑步的模樣一定很可愛吧～」

在排名遊戲開始之前不久，我的爸媽一面檢查攝影器材一面微笑說道。

時間過得好快，愛西亞住進我家已經過了幾個月。老爸老媽也完全把愛西亞當成自己的女兒看待，相當疼愛她。

「真是的，老爸老媽完全把愛西亞當成女兒了。我這個當兒子的越來越沒地位了。」

聽我瞇著眼睛唸唸有詞，老媽說道：

「哎呀，誰叫愛西亞比你可愛。有個像一誠這麼好色的兒子，真希望你可以了解爸爸媽媽有何感受。愛西亞才是我們的慰藉～」

「嗯嗯。媽媽說得沒錯。」

混帳！爸媽的愛離我好遙遠！反正我就是好色高中生！

愛西亞羞紅著臉，忸忸怩怩、支支吾吾地說道：

「……我、我長到這麼大，從來不知道親生父母是誰……面對一誠爸爸和一誠媽媽時，總是覺得『如果我的親生父母在身邊，是不是就像這種感覺？』……不、不對，我寄人籬下還說這種話，對你們可能是種困擾吧……」

老爸直率地對愛西亞開口：

「我可是把愛西亞當成親生女兒看待喔。」

老媽也帶著溫柔的微笑說道：

「我也是喔，愛西亞。我們才覺得自己的所作所為不知道有沒有造成妳的困擾。因為我們家只有那個笨兒子，有女孩子住進來讓我們很高興。對吧，老公？」

「是啊，如果愛西亞不嫌棄，待在這個國家的期間，把我們當成是親生父母也沒關係。而且這個家——也算是愛西亞的家。」

「是啊。愛西亞隨時都可以回這個家，不用跟我們客氣。」

我感覺到老爸老媽都打從心底愛著愛西亞。

聽他們這麼提議——愛西亞的眼中充滿淚水。

老爸老媽都以為自己說錯話，顯得不知所措，但是愛西亞搖搖頭：

「……不是。我實在是太高興了…………爸爸……媽媽…………我……我……」

面對喜極而泣的愛西亞，我溫柔地摸摸她的頭：

「這個家是愛西亞的家，爸媽和我都是愛西亞的家人。還有社長和大家也一樣，都是夥伴兼朋友兼家人。所以妳不需要跟我們客氣，愛西亞可以一直待在這裡。」

我笑著如此說道。

愛西亞笑容滿面。我想保護這個笑容。我必須保護這個笑容。

吶，愛西亞。我們是家人，那個家是愛西亞的家喔？

和我、和我們一起回去吧。

我一定！會救出愛西亞的！

—○●○—

迪奧多拉的「騎士（knight）」應該就在這座神殿等著我們，然而當我們踏進裡面時，映入眼中的卻是一個熟悉的傢伙！

「呀，好久不見～」

白髮神父——

「弗利德！」

沒錯，眼前的人正是那個臭神父！還真叫人懷念！

王者之劍事件後就沒見過他，原來他還活著。

「他還活著啊——你是不是這樣想啊，一誠？沒錯沒錯。我很耐打的，所以確確實實活得好端端喲？」

「我早就說過，叫你不准猜測我的心思！」

真是的，這個傢伙還是一樣很擅長猜我在想什麼！

不過兩名「騎士（knight）」呢？他們應該在這裡……還有為什麼弗利德會在這裡？

「哎呀～你該不會是在找那兩個『騎士（knight）』吧？」

又是一副很清楚我在想什麼的樣子。那個惹人厭的笑容實在讓人很不爽……

弗利德嘴巴動個不停，吐出某種東西。我仔細一看——是手指！

「我把他們吃掉了。」

——！這個傢伙說什麼……吃掉了……？

正當我心生疑問時，小貓捏著鼻子，瞇起眼睛：

「……那個人已經不是人了。」

她厭惡地低聲說道。

那個傢伙揚起嘴角，以不像人類的模樣高聲大笑！

「呀哈哈哈哈哈哈哈哈哈哈、哈哈哈哈哈、哈哈哈哈哈！我被你們千刀萬剮之後，被瓦利那個混帳傢伙帶回去——！都怪臭阿撒塞勒把我裁員——！」

啵！咕溜！

弗利德全身上下發出異樣的聲音，產生噁心的隆起！他身上長出一堆不知道是尖角還是什麼的東西，刺破神父服。他的身體逐漸膨脹，手腳也變大好幾倍。

「正當我無處可去時，『禍之團（Khaos Brigade）』那群人收留我！他們！說什麼要給我力量結果居然是這麼回事————！咯哈哈哈哈哈哈、哈哈哈！把我變成合成獸（chimera）！呼哈哈哈哈哈哈、哈哈哈哈、哈！」

他的背後一邊長出看似蝙蝠的翅膀，另外一邊長出巨大的手臂。

臉孔也變得不成原型，突出的嘴部長出兇凶暴的利牙，頭變得好像龍的頭。

……這是怎麼回事！無論是四肢！還是全身都搭不在一起！身體的結構毫無統整性！腦袋裡到底要裝什麼東西，才可以把人改造成這樣！

變化結束之後，眼前的巨大生物已經完全看不出弗利德的原貌，成為異常的怪物。

其他社員也皺起眉頭。是「禍之團（Khaos Brigade）」把這個傢伙的身體改造成這樣嗎？

即使如此，這也……太過分了！

「呀哈哈哈哈哈哈！對了，你們知道嗎？迪奧多拉‧阿斯塔蒂的癖好。那個癖好扭曲到了極點，光是聽了就讓我心跳為之加速呢！」

弗利德突然提起迪奧多拉。

「迪奧多拉挑女人有個癖好。那位少爺的喜好非常有意思，聽說他特別喜歡和教會有關的女人！沒錯，就是所謂的修女！」

什麼挑女人的癖好？還說是修女……

我心中立刻將這個辭彙和愛西亞連結。

弗利德張大的嘴角上揚，繼續說下去：

「而且他的目標每次都是虔誠的信徒或是和教會本部關係密切的女人。聽得懂我在說什麼嗎——？一誠你們剛才打倒的那些女性眷屬惡魔原本全部都是信徒喔！還有他養在宅邸裡的那些女人也一樣！她們原本都是有名的修女或是各地的聖女！呀哈哈哈！他的癖好真是太棒了——！惡魔少爺誘惑教會的女人然後霸王硬上弓！該怎麼說，也正因為這樣，才能算是惡魔！超級精心策畫運用花言巧語讓虔誠的聖女墮落！真可以說是惡魔的呢喃！」

「等一下。那麼愛西亞——」

聽到我的話，弗利德放聲大笑：

「愛西亞美眉之所以遭到教會驅逐，追根究柢也是迪奧多拉．阿斯塔蒂的策畫～～劇本是這樣的。有一天，一個最喜歡和修女做○的惡魔少爺，發現一個超級符合他喜好的美少女聖女。從少爺遇見聖女的那天開始，他就好想和她嘿咻想得不得了。可是少爺認為要把聖女從教會帶出來好像有點困難，所以想了一個計畫，企圖用其他辦法把她變成自己的人。」

——

……等、等一下。怎、怎麼會，愛西亞——

「聖女是個非常非常善良的女孩。少爺聽一個對神器（sacred gear）很熟悉的人說『那位聖女擁有連惡魔都能夠治癒的神器（sacred gear）』。得到這個建議的少爺決定針對這一點擬定作戰計畫。就是『如果其他神職人員看見聖女在治療受傷的我說不定會將她從教會驅逐出去☆』這樣！即使會留下一點傷痕，只要能夠嘿咻就ＯＫ！這就是少爺的生存之道！」

——我不後悔那個時候救了他。

帶著笑容如此說道的愛西亞浮現腦中。

…………

這是怎麼回事。什麼跟什麼……

像是在嘲笑我一般，弗利德又說道：

「遭到自己深信的教會驅逐，無法相信神，人生變得一團亂之後，要讓聖女來到我身邊就簡單多了——少爺是這麼想的！呀哈哈哈哈！聖女的痛苦對少爺來說是最棒的調味料！在對方墮落到極點時將她撈起來，侵犯她！侵犯她！從身心兩方面侵犯她！這就是少爺最棒最大的享受！過去他也是這樣侵犯教會的女人讓她們變成自己的人！這一點今後也不會有所改變！因為少爺——迪奧多拉·阿斯塔蒂是個最喜歡玩弄女性教會信徒的惡魔！呀哈哈哈哈！」

我。

快要按捺不住從內心深處湧現的這股情感。

緊握的拳頭在噴血。

我狠狠瞪了弗利德一眼，準備向前一步。

這時木場抓住我的肩膀：

「一誠同學，你的心情我懂。但是你的激動還是留下面對迪奧多拉比較好。」

他說得很冷靜。但是這反而讓我很不爽！

「你是叫我聽到這種事還得默不吭聲——」

我憤怒地大叫，準備一把抓住木場的領口——但是看見他的表情，手就停下動作。

——木場眼中充滿憤怒與憎惡。

「這裡交給我。我去讓他閉上那張臭嘴。」

踏著震撼力十足的步伐，木場走過我的身邊。

他散發的氣焰帶著攻擊性的殺意，瞬間澆熄我的怒火。

木場站到化為詭異怪物的弗利德身前，在手上創造一把聖魔劍。

「好啊好啊好啊！你不是那個時候把我千刀萬剮的臭騎士嗎————！多虧了你的關照，害我更新這麼帥氣的模組！不過呢！這也讓我變得很強喔——？我一口就把迪奧多拉的兩個『騎士(knight)』吞掉了！也得到他們的特性————！無敵超強怪物弗利德要請你多多指教啦，大帥哥——————！」

這個傢伙真的把「騎士（knight）」吃掉了嗎！

木場舉起劍，只是冷淡說了一句：

「你還是消失比較好。」

「囂張個什麼勁啊——————！」

面露兇光的弗利德全身冒出好幾支外型有如生物的利刃，朝我們衝來——

呼！

木場從我的視野消失——

啪！

原本在我們眼前的怪物弗利德瞬間遭到碎屍萬段，散落在四處！

「——這是怎樣。未免太強了……」

只剩下頭的弗利德掉在地上，一對大眼不住抽動。

——一擊必殺！

弗利德才剛作勢要攻擊，就瞬間分出勝負了！木場肯定是發揮神速將他碎屍萬段！嗚哇……憑我的視力完全看不到。

「……嘻嘻嘻。算了，就憑你們想破壞迪奧多拉的計畫還是打倒在他背後的那些傢伙都不可能。畢竟你們連神滅具(longinus)持有者真正的可怕之處都不知道……呀哈哈——」

咻！

以僅剩的頭笑個不停的弗利德遭到木場毫不留情地舉劍一刺，就此喪命。

木場揮動聖魔劍甩去劍上的血。飛散的血液畫出一個半圓。

「——剩下的等你到地獄再對死神說吧。」

還說出這種耍帥台詞，這個型男！

……可惡————！身為男人的我也覺得他好帥！

這個傢伙是不是又變強了？強到我根本看不出弗利德的實力。總之可以看出木場壓倒性地勝過他。

弗利德……我和那個傢伙的這段孽緣，最後的結局真是不知道該說什麼。

從某種層面來說，這個傢伙也是受害者吧？

不，現在沒空想這些。重要的是愛西亞！

「走吧，各位！」

我們相視點頭，奔向迪奧多拉所在的最後一個神殿。

迪奧多拉——

你我絕對不會原諒你！

Uroboros.

我——阿撒塞勒在排名遊戲的戰場將舊魔王派的惡魔們收拾得差不多，剩下的交給部下應該就夠了。

我將後面的事交給部下，從空中飛向某個地方。

——法夫納寄宿的寶玉顯示的反應指向這麼方向。

當我和部下們藉由奧丁的力量傳送到這裡之後，懷裡的寶玉立刻發出光芒。

我在戰場的最角落看見一道人影。寶玉的光芒變得更加閃亮。

我降落到那道人影前面……是個黑髮及腰的嬌小少女。他穿著一件黑色洋裝，露出纖細的四肢。

少女的五官端正，視線望著戰場中央的幾座神殿。

……我瞇起眼睛，輕聲說道：

「——沒想到你會親自上陣。」

少女對我的聲音有所反應，轉過來面對我，露出淡淡的微笑：

「阿撒塞勒。久違了。」

「你以前是老人的模樣吧？沒想到這次會是美少女的模樣，真是嚇到我了。你在想什麼——奧菲斯？」

沒錯，這個傢伙是「無限龍神（Uroboros Dragon）」——奧菲斯！「禍之團（Khaos Brigade）」的首領！不會錯的。這個傢伙身上散發詭異又難以言喻的感覺，正是奧菲斯的氣焰。

以前見到他時是個老頭，這次變成黑髮少女了。也罷，對這個傢伙來說外型只不過是裝飾，想變成怎樣都可以。

這個傢伙親自來到這裡，就表示這次的作戰對這個傢伙來說相當重要、相當要緊囉？

既然他看向神殿，或許那邊才是作戰計劃的中心……一誠、莉雅絲，看來讓那些傢伙到那裡不太妙啊。

「參觀。只是如此。」

「隔山觀虎鬥啊……話說回來，沒想到敵人的頭目會突然現身。在這裡打倒你的話，天下就太平了吧？」

我一面苦笑，一面以光之長槍的槍尖指著他，但是他搖搖頭：

「不可能。阿撒塞勒打不倒我。」

說得這麼斬釘截鐵。說得也是，我知道只有我是打不倒你。但是如果能在這裡打倒你，可以對「禍之團（Khaos Brigade）」造成嚴重的打擊，也是千真萬確。

「那麼兩人合力又是如何？」

啪沙！

拍著翅膀降落的——是一條巨大的龍！

「坦尼！」

前龍王坦尼！

這個傢伙也參與遊戲領域的舊魔王派掃蕩作戰，看來是在工作告一段落之後趕到這裡。

坦尼用他的大眼睛狠狠瞪著奧菲斯：

「難得新生代惡魔賭上未來趕赴戰場，你這個傢伙卻想搗亂，我實在看不過去！之前對這個世界毫無興趣的你，如今卻是恐怖分子的老大！到底是什麼讓你變成這樣！」

我也附和坦尼的意見，繼續追問：

「打發時間——你可不要想用這種早已不流行的理由矇混。你的行為已經在各地造成危害了。」

沒錯，因為這個傢伙當首領，將他的力量借給各式各樣的危險分子，結果造成各個勢力蒙受其害。死傷人數與日俱增，已經到達無法忽視的程度。

是什麼推動這個傢伙，讓他站上恐怖分子集團首領的位置？只有這點我不清楚。之前一直靜觀世界變動的最強存在，現在為什麼採取行動？

奧菲斯的答案出乎我的預料。

「──寂靜的世界。」

…………

我頓時無法理解他在說什麼。

「啥？」

我再次反問。於是奧菲斯望著我說道：

「我想回到我的故鄉，次元夾縫，得到寂靜。如此而已。」

──！

理、理由就是這樣？次元夾縫。簡單來說就像人類世界和冥界、人類世界和天界之間的那種次元之壁。分隔兩個世界的界線。據說那裡是空無一物的「無的世界」。

我知道奧菲斯是從那裡誕生，但是……

「……照理來說，這個時候應該嘲笑你犯了什麼思鄉病，但是說到次元夾縫，我記得那裡──」

聽我這麼一提，奧菲斯點了點頭。

「沒錯，有偉大之紅。」

次元夾縫現在是由那個傢伙統治。原來如此，奧菲斯是在想辦法處理那個傢伙，然後回到次元夾縫啊。

難道舊魔王派的惡魔和其他勢力的異端分子就是以這個為條件——以趕走偉大之紅為條件，攏絡奧菲斯嗎？

這時我腦中閃過一個可能性。

——這樣啊，瓦利。你的目的就是這個！

正當我的思緒快要整理出某個結論時，奧菲斯身旁出現魔法陣，有人轉移到這裡。

那裡出現一名身穿貴族服飾的男子。

他對我行個禮，狂傲地笑道：

「初次見面。我是真正的阿斯莫德血統繼承人，克魯澤雷·阿斯莫德。我以『禍之團(Khaos Brigade)』真魔王派的身分，要求和身為墮天使總督的你決鬥。」

……哈哈哈，這下子……主謀之一在此登場。

我搔搔頭，低聲說道：

「舊魔王派的阿斯莫德出現了啊。」

隆！

我才剛這麼確認，那個傢伙便全身迸發魔力氣焰，顏色污黑。這個傢伙也得到奧菲斯的力量了吧。

「不是舊魔王！是真正的魔王血族！我要為卡特蕾雅・利維坦報仇！」

是卡特蕾雅的男人還是什麼嗎？算了，能夠打倒這次的主謀也算是千載難逢的好機會。我就來會一會他吧。

「好啊。坦尼，你打算怎麼做？」

「我沒那麼不識趣，不會插手一對一的對決。我就來監視奧菲斯吧。」

這個傢伙的本質也是個武士，讓他當龍真是太可惜了。

「拜託你了。好啦，雖然情勢越來越混沌，不過我的學生們也差不多該平安抵達迪奧多拉身邊了。」

聽了我無意間脫口而出的這句話，奧菲斯搖搖頭：

「迪奧多拉・阿斯塔蒂也得到我的蛇。吞下那個力量會變強，想打倒他沒那麼容易。」

「哈哈哈哈哈哈哈哈哈哈哈！」

奧菲斯這句話讓我大笑不已。搞不清楚狀況！你根本什麼都不懂，奧菲斯！

「你在笑什麼？」

奧菲斯歪著頭，一臉詫異。於是我對他說道：

「蛇啊。那樣也好。不過很可惜，他還是打不贏。」

「為什麼？吞下我的蛇，可以得到強大的力量。」

「即使如此還是辦不到。在之前的遊戲因為規則的限制，他們無法完全發揮力量。」

和坦尼一起修煉有多大的作用，想必迪奧多拉·阿斯塔蒂將會親身體驗吧。

和龍王一起修煉。雖說是前龍王，但是追著那個小鬼跑的可是至今仍在第一線的傳說級龍族喔？儘管他有所保留，照理來說還是會死。死了才是理所當然。

——但是那個小子撐過來了。他保住小命，活著回來，還達到禁手（balance breaker）！

你們根本不明白那代表什麼！

我拿出法夫納的寶玉，舉起那把人工神器（sacred gear）短劍：

「好了，法夫納，再陪陪我吧。對手是克魯澤雷·阿斯莫德！我要上了，禁手化（balance break）！」

下一個瞬間，我穿上金黃色的全身鎧甲（plate armor）

一誠，這裡沒有任何限制你的東西。

——大鬧一場吧！

正當我準備擺出帥氣的架式時，突然出現轉移魔法陣。

這個圖樣——這樣啊，你自己跑來了。

從魔法陣的光芒現身的，是紅髮魔王——瑟傑克斯。

「瑟傑克斯，你來這裡做什麼？」

聽到我的問題，他瞇起眼睛說道：

「以結果來說，這次我害得妹妹捲進大人的政治風暴之中，所以我也得親自上陣才行。而且老是交給阿撒塞勒，也覺得很過意不去——我想說服克魯澤雷。我至少得做到這件事，否則要拿什麼臉去面對妹妹。」

這個傢伙真是……

「……你這個濫好人——這只是白費工夫喔？」

「儘管如此，我還是想以現任惡魔之王的身分直接問他。」

我暫時收起已經舉起的長槍。

一看見瑟傑克斯，克魯澤雷的表情立刻轉為憤怒：

「——瑟傑克斯！可恨的假魔王！你竟敢出現在我面前！要不是、要不是因為你這個混帳，我們……！」

看吧，這就是現實。對那些傢伙而言，你是他們最憎恨的人。

「克魯澤雷，請你放下干戈好嗎？現在還來得及，還能走上對談一途。將前魔王的血脈驅離幕前，放逐到冥界的邊境，我至今仍然後悔不已，一直心想應該還有其他方法。我想和前魔王後代的幹部坐下來好好談一談，更希望你可以和身為現任魔王阿斯莫德的法爾畢溫溝通一下。」

瑟傑克斯的話相當誠懇，因此更容易激起克魯澤雷的情緒。

——沒用的，瑟傑克斯。

你們現任魔王說的話，這些傢伙打從一開始就聽不進去。你太天真了。

克魯澤雷激動地說道：

「少在那裡胡言亂語！不只和墮天使，甚至還和天使往來，你這個污穢不堪的傢伙沒有資格談論惡魔！不僅如此，居然還要我和冒牌貨溝通！少開玩笑了！」

我嘆了口氣，對克魯澤雷說道：

「你真是敢說。你們『禍之團（Khaos Brigade）』不也是三大勢力的危險分子相親相愛地聚在一起嗎？」

他揚起嘴角：

「我們並非攜手合作。是我們在利用他們。可恨的天使和墮天使的存在意義只有讓我們惡魔拿來利用。互相理解？和平？惡魔總有一天應該要消滅自己以外的對象！你為什麼不懂！惡魔才有資格！不對！我們魔王才有資格，成為全世界的王！我們將利用奧菲斯的力量毀滅世界，創造全新的惡魔世界！為了這個目的，你們這些冒牌魔王都是絆腳石！」

唉，沒救了。這根本是雜碎老大的典型想法。以一個種族來說，惡魔的存在都已經岌岌可危，真不知道他在想什麼……

瑟傑克斯，你的心情或許很複雜，但你可是比他們有王者風範多囉？

就是因為舊魔王都這麼想，惡魔才會走上滅亡之路。

想法、認知，這些在根本上已經不同——雙方之間的鴻溝太深，絕對無法填補。

瑟傑克斯帶著落寞的眼神輕聲說道：

「克魯澤雷——我只是想保護惡魔這個種族。必須保護人民，種族才能繁榮。你要說我天真也無所謂。我要引領前途光明的孩子。現在的冥界——不需要戰爭。」

「你太天真了！理由更是幼稚！你以為那是惡魔真正想要的嗎！惡魔的存在意義是奪取人類的靈魂，將他們拉進地獄，並且消滅天使與神！我們不需要再廢話了！瑟傑克斯啊！虛假與偽善之王啊！所謂的路西法！所謂的魔王！應該要毀滅一切！既然你擁有毀滅的力量，為什麼不用在身旁的墮天使身上！你果然沒有資格自稱魔王！真正的魔王，我克魯澤雷·阿斯莫德要消滅你！」

這就是瑟傑克斯——現任魔王與舊魔王的子孫，雙方最後的對話。

瑟傑克斯對奧菲斯說道：

「……奧菲斯。如果我想和你談判，也是白費力氣嗎？」

「如果你願意吞下我的蛇，對我立誓的話，可以。還有存在於冥界周圍的次元夾縫所有權，全部歸我。」

——條件是服從和封閉冥界是吧。

身為一肩扛起冥界的魔王，不可能輕易答應這些條件。
瑟傑克斯仰頭閉上眼睛。當他再次睜開眼睛時——眼神帶著足以令人背脊發涼的寒意。
克魯澤雷見狀拉開距離，雙手製造巨大的魔力凝聚體：
「很好！這樣就對了！還是這樣比較簡單明瞭，瑟傑克斯！」
克魯澤雷打從一開始就希望這樣……瑟傑克斯，你說的話他打從一開始就不打算聽。儘管如此，你還是很想說吧。
——說出自己的想法。自己對冥界的用心。
瑟傑克斯伸出右手，手掌朝上。
魔力在他的掌心逐漸壓縮。瑟傑克斯的魔力慢慢散發異樣的氣焰。
——毀滅的魔力。
瑟傑克斯以強硬的語氣說道：
「克魯澤雷，以魔王的身分，我要排除與現在的冥界為敵的人。」
「你！不准自稱魔王！」
克魯澤雷的雙手發出巨大的魔力加以掃射。瑟傑克斯不為所動，將出現在掌心的魔力化為無數的小型球體，朝前方發射出去。
啪！啾————！

克魯澤雷的攻擊一碰到瑟傑克斯的魔力就被挖開，進而消滅。

瑟傑克斯射出的小型魔力球體像是擁有意識一般，在空中自在飛動，逐漸抵銷克魯澤雷的攻擊。無法完全消除的攻擊就由瑟傑克斯自行閃躲，或是製造防禦障壁加以抵擋。

這時，一顆毀滅球體鑽進克魯澤雷的口中。

篤！

克魯澤雷的腹部鼓了起來。隨著鼓脹的腹部收縮，他的魔力也同時一口氣減弱！瑟傑克斯那個傢伙——他把克魯澤雷吞下去的蛇消除了嗎？

瑟傑克斯輕聲說道。

「——『滅殺魔彈(ruin the extinct)』。我消滅了你肚子裡的奧菲斯的『蛇』——這樣一來你就無法發揮強大的力量了吧。」

蛇是克魯澤雷力量的源頭，遭到消除之後，剛才一派輕鬆的他臉上明顯露出焦急之色。

這還是我第一次實際看見瑟傑克斯的攻擊。瑟傑克斯獲選為魔王的理由之一——那就是壓倒性的消滅魔力。

消除所有碰觸的東西，不留一粒塵埃。絕對的毀滅——

規模不大，威力卻是非同小可。不讓強大的毀滅之力逸散，也不凝聚得過度巨大，抑制在最小的尺寸，並且同時有如自己的手腳一般操控多個魔力彈。

這樣的技術需要有精密的控制力以及超凡的才能方可實現。這兩者瑟傑克斯都有。

「可惡！無論是你還是瓦利！為什麼自稱『路西法』的人總是這樣，擁有超凡的力量，卻又無法與我們共處！」

克魯澤雷不停咒罵，雙手再次準備發出魔力。

磅！

——但是一顆球體碰到克魯澤雷的腹部，將他的肚子整個挖開。毀滅的魔力雖小，依然威力十足。接觸的瞬間，就將周圍的東西完全消滅。

「……為、為什麼……本尊非得輸給假貨不可……？」

克魯澤雷口吐鮮血，流下悔恨的血淚。

瑟傑克斯閉上眼睛，伸手緩緩橫掃。

在那個瞬間，飛舞在空中的無數毀滅球體將克魯澤雷的身體完全消滅。

Life.4 因為很喜歡

我們抵達的目的地——是位於最深處的神殿。走進神殿內部之後，前方出現一個巨大的裝置。

那是一個嵌進牆上的巨大圓形裝置，裝置上到處鑲著寶玉，刻有詭異的花紋與文字。

這是不是構成某種術式的魔法陣呢？

這時我看向裝置中央，放聲大喊：

「愛西亞————！」

愛西亞被綁在裝置的正中間！乍看之下沒有外傷！衣物也沒有破損的跡象！太好了！應該沒受傷吧。

「你們總算來了。」

迪奧多拉・阿斯塔蒂從裝置旁邊現身。看似溫柔的笑容更讓我的怒意高漲！

我啟動禁手（balance breaker）的倒數計時。等到倒數結束，我就要狠狠痛毆迪奧多拉！使盡全力！發揮全速！朝那個混帳的臉上轟下去！

「……一誠先生？」

聽見我的聲音，愛西亞轉頭面對我們。

——她的眼睛明顯紅腫。

她哭了，而且眼睛紅到讓人覺得她一定哭得很淒慘。看見她這副模樣，我得到一個討厭的結論。

「……迪奧多拉，你把事情的始末告訴愛西亞了？」

剛才弗利德告訴我們的事。

絕對不能讓愛西亞知道。

但是迪奧多拉帶著滿面的微笑回答我的問題：

「嗯。我全都告訴愛西亞了。呵呵呵，真想讓你們也看看她露出最棒表情的那個瞬間。知道一切都是我在背後操控時，愛西亞的表情真是太棒了。你看，我還錄影保存喔。要不要放給你們看啊？她的表情真是太美了。教會的女人墮落的瞬間，那時的表情無論看幾次都叫人興奮不已。」

愛西亞開始啜泣。

「可是這樣還不夠，愛西亞心中還有希望。沒錯，就是你們。尤其是那邊那個骯髒的赤龍帝。都怪你救了愛西亞，害得我的計畫泡湯。我的預定計畫應該是等那個女墮天使——雷娜蕾先殺了愛西亞，我再現身殺了雷娜蕾，然後給她棋子。我本來以為你就算插手，應該也打不贏雷娜蕾，沒想到你居然是赤龍帝。以巧合來說這也太驚人了。也因為這樣，我的計畫進度落後很多，不過她總算回到我的手裡。這樣一來我就能好好享用愛西亞了。」

「閉嘴。」

我的聲音低沉到自己也難以置信。

之前我就覺得這個傢伙大概是個小惡徒。該說是我的直覺嗎？這樣形容或許有點模糊，不過這個傢伙身上微微有股先前見到萊薩時，感覺得到的那種氣息。

但是我錯了。

什麼小惡徒，這個傢伙根本是壞上許多的邪魔歪道！不，根本是畜生！

對愛西亞說愛她的，竟然是這種狗屎混帳！

我現在比瓦利說要殺害我的雙親時——還要無法壓抑憤怒。

即使在我的忍耐即將達到極限的這一刻，迪奧多拉依然繼續低劣至極的言論：

「愛西亞還是處女吧？我喜歡從處女開始調教，可不要赤龍帝用過的二手貨。」

唯有這傢伙——

「啊，不過從赤龍帝的身邊搶走好像也是一種樂趣？」

我絕對要狠狠揍他一頓才能甘心——

「在愛西亞呼喊你的名字時霸王硬上弓或許——」

「閉嘴————————！」

『Welsh Dragon Balance Breaker!!!!!』

我的腦中好像有什麼東西猛然斷裂！

「迪奧多拉————————！唯有你這個傢伙！我絕對不會原諒！」

包圍在龐大的赭紅色氣焰之中，我穿上蘊藏赤龍帝之力的全身鎧甲（plate armor）。

或許是神器（sacred gear）呼應我的意念，不到兩分鐘我就化為禁手（balance breaker）狀態！

「社長、各位，請你們絕對不要插手。」

「一誠，我們所有人一起打倒他——雖然我很想這麼說，但是現在的你恐怕沒有人阻止得了吧——不可以手下留情喔。」

社長給了我最棒的一句話。好的，我也是這麼打算。

「德萊格，你聽得見嗎？」

『怎麼了，搭檔？』

「至少這次全聽我的吧。」

『……我知道了。』

看見我的模樣，迪奧多拉開心地放聲大笑。

漆黑的氣焰逐漸包圍他的全身。

「啊哈哈哈！真厲害！這就是赤龍帝！不過我也是強化狀態！用了奧菲斯給我的『蛇』！你這種貨色我瞬間——」

轟————！

我從背後的魔力噴射口噴出火焰，以瞬間的衝刺拉近間距！

咚！

我順勢在迪奧多拉的話說完之前，以銳利的一拳打在他的腹部。

「……呃！」

迪奧多拉彎成く字形，臉孔因劇痛而扭曲。

看來他無法對我的速度做出反應。我扭轉打在他身上的拳頭，意圖絞爛裡面的東西。

「咳……」

迪奧多拉從口中吐出鮮血與穢物。

我收回拳頭問道：

「瞬間怎麼樣？」

迪奧多拉摀著腹部退了幾步。剛才那種游刃有餘的笑容已經從他臉上消失。

「哼！不過就這樣！我是上級惡魔！是現任魔王別西卜的血親！」

迪奧多拉向前伸出手，射出無數的魔力彈：

「我高貴的血統不可能輸給你這種既下級又低劣又沒品的轉生惡魔！」

迪奧多拉發射近乎無限的魔力彈雨，朝我落下。

我毫不回避地在彈雨之中一步一步向前走，一面伸手彈開、反擊那些魔力彈，一面逼近他。即使魔力彈命中鎧甲我也毫不在意，繼續前進。

謝謝你，坦尼大叔。你嚴苛的操練效果超乎預期，對手現在應該比社長還強，但是我一點都不怕他的攻擊。

『沒錯。和龍王一起修煉讓你得到相當程度的鍛鍊。對抗西迪家之戰當中無法完全發揮那次修煉的成果，但是在這種沒有限制的情況就可以使出全力。鎧甲的防禦力和對抗西迪家之戰時相比起來也穩定許多。』

是啊，德萊格。和匙對決時無法發揮全力，不過現在不一樣。

而且對手是這個傢伙，我可以放縱殺意狠狠扁他一頓。

『以純粹的力量比拚來說，現在的你相當強。』

當我逼近迪奧多拉的眼前，他停止魔力攻擊，試圖拉開距離。

轟——！

我從背後的噴射口瞬間噴出魔力，立刻追上迪奧多拉。追上的瞬間，他製造出好幾道防禦障壁。

「這看起來比瓦利的障壁薄多了。」

啪唧！

我的拳頭毫不費力地擊潰、貫穿所有的防禦障壁。

叩！

攻擊打在臉上！終於打中了！還是打臉最讓人心情舒暢！

這一拳的力道讓迪奧多拉猛然撞擊地板。那個傢伙滿臉是血，眼淚也冒了出來：

「……好痛。好痛。好痛啊！為什麼！我的魔力明明打到你！明明透過奧菲斯的力量提升到極為強大的境界了！」

我把迪奧多拉拎起來——打出灌注氣焰的拳頭！朝著腹部打一拳！

「咕哇！咳哈！」

接著朝臉打一拳！還沒完！我在右拳上聚集大量的氣焰，準備打在迪奧多拉身上！

「我才不會輸給你這種廢物龍————！」

迪奧多拉向前伸出左手，產生一道厚實的氣焰防壁。

鏗！啪、啪！

我的拳頭撞上氣焰防壁，眼見力道就要遭到抵銷。

這種東西——這種東西又能奈我何！

「啊哈哈哈哈哈！你看吧！還是我的魔力比較強！只會使用蠻力的赤龍帝怎麼可能敵得過我呢！」

我在咧嘴微笑的迪奧多拉面前毫不手軟地使用赤龍帝的力量！

「——那就讓你見識一下你所謂的蠻力吧。」

『BoostBoostBoostBoostBoostBoostBoostBoostBoostBoostBoostBoost!!』

轟————————————！

背後的魔力噴射口噴出極為大量的氣焰，拳頭的力道逐漸增加。

劈哩！防壁出現許些裂痕。然後——

啪唧！隨著脆弱的碎裂聲，防壁在我威力增強的一拳下消失了。

「不好意思，我只會用蠻力，所以只能這樣硬幹。不過對付現在的你這樣就夠了。」

「噫！」

迪奧多拉瞬間臉色大變。

「不准你弄哭我們家的愛西亞！」

我從他的面前大吼，同時出拳！

咯！

打斷迪奧多拉向前伸的左手，威力不減的拳頭捶進他的臉！

叩！

銳利的一拳刺在他的臉上！這拳將迪奧多拉打飛，背部猛力撞上柱子。

倒在地板上的迪奧多拉陷入恐慌，一面在地上爬行，一面吶喊：

「不可能！我怎麼可能會被打敗！我贏了阿加雷斯！一定也可以勝過巴力！因為我不可能輸給沒有才能的大王家繼承人！重視感情的吉蒙里更不可能是我的對手！我可是阿斯塔蒂家的迪奧多拉！」

迪奧多拉伸手向上一指，我的周圍出現好幾根魔力形成的尖銳圓錐。

銳利的尖端全都指向我，接著有如飛彈一般飛射過來！

——無法全部閃過！

我一下屈身，一下向旁邊跳躍閃避，但是總有極限。我又拳打腳踢打開好幾根尖刺——但是尖端突然開始扭動，像是有自己的意識纏上我的身體！

唰咻！

尖刺從鎧甲的縫隙刺進來，破壞裝甲最薄弱的部分，貫穿我的身體！

可惡……好痛——！他似乎是將魔力聚集在尖端，在鎧甲開了一個小洞。平面攻擊不成就從點進攻啊……

但是這不算什麼！我以雙手將所有貫穿我的尖刺一口氣從身上拔出！

拔刺的力道帶出鮮血，滴落在地上。

迪奧多拉準備再次發動同樣的攻擊，然而我利用背後的噴射瞬間進逼，踢了他一腳。

沉悶的碎裂聲在神殿當中迴響。看來我的踢腿力道穿透迪奧多拉的右大腿，粉碎了裡面的骨頭。

「可惡啊————！」

表情因痛苦而扭曲的迪奧多拉伸手對準我，急速凝聚魔力。想必是打算將魔力波動提升到最高境界朝我發射吧。

我也伸手對著那個傢伙，在手上凝聚龍之氣焰！

咚咻————！

我的右手射出赭紅色的閃光，迪奧多拉的手上也發出極大的魔力彈。

隆————！

雙方的攻擊在空中劇烈撞擊，僵持不下————

這種攻擊——怎麼可能擋得住我！

「去吧————！」

『BoostBoostBoostBoostBoostBoostBoostBoostBoostBoostBoost!!』

增加的力量從神器流進我的體內，提升神龍彈的威力！

隆！

神龍彈打飛迪奧多拉的魔力，從他的身邊擦過。

飛過身旁的龍之氣焰引爆神殿，穿過牆壁飛到外面。

儘管如此，那個傢伙還是試圖再次凝聚魔力——

轟————！

我猛力在地板上捶了一拳。整座神殿因此劇烈晃動。

他看著地上的巨大撞擊坑，眼角不住抽搐。

迪奧多拉——開始渾身顫抖，牙齒撞在一起發出聲音。我是故意打偏的。其實真的打下去也可以……可惡，我果然太嫩了……

我走到他身邊，再次把他拎起來。

我收起鎧甲的面罩，以原本的面貌瞪視他。全身還猛烈噴發赭紅色的氣焰：

「不准你再次接近愛西亞！下次再出現在我們面前，到時候真的讓你灰飛煙滅！」

迪奧多拉的眼睛——染上膽怯之色。

『搭檔，那個傢伙的心已經完蛋了——他的眼神和內心對龍有強烈恐懼的人一樣。』

……這樣啊，德萊格。我放開迪奧多拉。他只是不住打顫。

「一誠，你不給他最後一擊嗎？」

潔諾薇亞如此問道，同時以阿斯卡隆的劍尖指著迪奧多拉。

她的眼神極為冰冷，甚至有股兇惡的感覺！糟糕，這個傢伙的殺意高漲到達極限！

「他搞不好會再次接近愛西亞。為了今後著想，應該在此把他的頭砍下來才對吧？」

潔諾薇亞是認真的。如果我或是社長認同她的意見，迪奧多拉就會身首異處吧。

然而我搖搖頭：

「……這個傢伙好歹也是現任魔王的血親。儘管他是恐怖攻擊的共犯，殺了他可能還是會對社長以及社長的哥哥造成困擾。我已經給了他足夠的教訓。」

社長聞言也皺起眉頭，閉上眼睛。社長應該也相當憤怒，不過還是決定交給高層來處理迪奧多拉。

潔諾薇亞似乎也是滿懷不平，用力將阿斯卡隆插在地上。她一定很想多少發洩一下鬱悶的心情吧。

「……我知道了。既然一誠這麼說，我就不會動手——但是。」

「是啊，沒錯。」

我和潔諾薇亞各自以拳頭和劍尖，指著迪奧多拉說道：

「不准你再追求愛西亞！」

聽見我們充滿震撼力的聲音，迪奧多拉因恐懼而濕了眼眶，頻頻點頭。

我們放過迪奧多拉之後，走向愛西亞。

「愛西亞！」

除了我以外，大家也都集合到裝置所在之處。

「一誠先生！」

我輕柔地摸摸愛西亞的頭：

「我來救妳了，愛西亞。哈哈哈，我答應過妳了。我說過一定會保護妳。」

或許是因為放心，愛西亞喜極而泣。乖乖乖，救出愛西亞之後，我們就逃到神殿地下，等老師他們把事情解決吧。

木場他們開始摸索如何將愛西亞從裝置上解開。

——不一會兒，木場的臉色一變。

「……手腳的枷鎖解不開。」

什麼！這怎麼可能！我也試著想解開連接愛西亞與裝置的枷鎖——

「可惡！拆不下來！」

連赤龍帝的力量也拆不下來嗎！

所有社員都嘗試拆除銬在愛西亞四肢上的枷鎖，但是無論是用聖魔劍與聖劍，還是以魔力解鎖，枷鎖都文風不動！

即使以赤龍帝的手甲（boosted gear）的轉讓能力提升社長和木場的力量也沒效！

這個枷鎖是什麼！特製的嗎！

這時迪奧多拉簡短地說聲：

「……沒用的。那個裝置的功能只能使用一次，但是反過來說，在設計上如果不使用就無法停止——除非愛西亞發動她的能力，否則不會停止。」

「這是怎麼回事？」

我這麼一問，他便淡淡回答：

「那個裝置是個由神滅具（longinus）持有者製造的固有結界。包圍這個領域的那個堅固的結界也是他製造出來的。『絕霧』（dimension lost），最強的結界系神器（sacred gear）。以持有者為中心無限擴展的霧氣。能夠封鎖進入霧中的所有物體，甚至也可以將其送往異次元。達到禁手（balance breaker）的境界時，能力變化為能夠隨持有者的意識以霧氣創造結界裝置——『霧中的理想國』（dimension create），創造出來的結界若是沒有正式發動就無法停止。」

木場追問迪奧多拉：

「發動條件，還有這個結界的能力是什麼？」

「……發動條件是由我，或是其他相關人士發出啟動訊號，另外就是我被打倒的話也會發動。結界的能力是——針對固定在枷鎖上的人，也就是愛西亞，強化其神器（sacred gear）能力並加以反轉（reverse）。」

——反轉（reverse）？

難道……我在腦中想像到非常不妙的可能性。在對抗西迪家之戰當中，愛西亞的恢復能力遭到反轉（reverse）——

木場似乎也察覺到這個可能性，繼續追問：

「效力範圍呢？」

「……這個領域，以及觀戰室裡的所有人。」

——！

這個答案令所有人都非常驚訝！糟了！愛西亞的神器（sacred gear）擁有強大的恢復能力！連惡魔和墮天使都能治療！如果強化這種能力再反轉（reverse），而且效力範圍還是這個戰場加上觀戰室……！

「……各個勢力的領袖說不定會被一舉殲滅……！」

衝擊性的事實讓我們臉色蒼白！要是事情真的變成這樣，人類世界、天界、冥界的情況都會不堪設想！

「他們是因為我們和會長那一戰才想到這種作戰計畫嗎！」

迪奧多拉搖頭否定我的疑問：

「……不，很久以前就有人提出這個可能性。但是西迪家的人實際試過之後，他們才相信這個計畫有可能實現……」

社長的臉孔因憤怒而扭曲：

「所以可能有叛徒至今仍潛伏在墮天使的組織裡，提供蒼那『反轉(reverse)』的技術藉此收集資料，加以利用囉！」

……所以格喇希亞拉波斯家、對西迪家之戰、迪奧多拉，全部都有「禍之團(Khaos Brigade)」的人插手啊……

可惡，這個由神滅具(longinus)創造出來的裝置也和「禍之團(Khaos Brigade)」的人有關！

德萊格，你有辦法處理這個嗎？你不也是神滅具(longinus)？

『不，「絕霧(dimension lost)」是位階比赤龍帝的手甲(boosted gear)還要高的神滅具(longinus)，而且已經達到禁手(balance breaker)，根本不可能。你記住了，世上還有其他比赤龍帝的手甲(boosted gear)還要強大的神滅具(longinus)。』

為什麼擁有這麼強的神器(sacred gear)的傢伙偏偏身在「禍之團(Khaos Brigade)」！

「……可惡！怎麼會這樣！……我該怎麼辦……」

我不甘心地捶打地板，這時愛西亞輕聲說道：

「一誠先生，連我一起——」

「妳說什麼傻話！再說一次那種話我要生氣囉！就算是愛西亞也不准說那種話！」

「可、可是再這樣下去，連老師和米迦勒大人都會因為我的力量……與其讓事情變成那樣，我——」

我抱住愛西亞的肩膀，認真對她說！

「我……我發過誓！不會再次讓愛西亞傷心難過！所以我絕對不會答應妳的要求！我會保護妳！沒錯，我會保護妳！我絕對會保護愛西亞！」

我忍不住哭了！可是我是認真的！我絕對要保護愛西亞！

「一誠先生……」

愛西亞也流下百感交集的淚水。我露出笑容，對愛西亞說道：

「所以我們一起回去吧。爸媽都在家裡等我們。回我們的家吧！」

嗡————

裝置啟動！可惡！終於開始運轉了嗎！

我們再次以魔力彈、龍之波動等方式奮力朝裝置攻擊——依然文風不動！

愛西亞本身也在神器(sacred gear)的影響之下，落到她身上的魔力等攻擊都被裝置用力彈開。

這就是位階高於赤龍帝的手甲(boosted gear)的神滅具(longinus)的威力嗎！

……不，等一下。

我的腦中閃過一個念頭。我看向愛西亞。嗯，東西緊緊貼在愛西亞身上。

「德萊格，我相信你。」

『你想怎麼做，搭檔？』

德萊格詫異地發問，不過我只是碰了愛西亞的枷鎖一下。即使德萊格的力量直接作用行不通，那麼以德萊格的力量增強的妄想特殊技不知道會怎樣？

「愛西亞，我先向妳道歉。」

「咦？」

聽我這麼說，愛西亞可愛地歪頭表示不解……但是這也是為了救出愛西亞。

抱歉了！

「高漲吧，我的性慾！我的煩惱！——洋服崩壞（dress break）！禁手倍化版（balance breaker）！」

『BoostBoostBoostBoostBoostBoostBoostBoostBoostBoostBoostBoostBoost!!』

鎧甲上的各個寶玉發出赭紅色的光芒，力量流進我觸碰枷鎖的手中。

我在心中描繪全裸的愛西亞！沒錯，就是愛西亞身上一絲不掛赤裸裸的模樣！我腦中儲存著那副模樣！我努力回想，一面噴著鼻血一面用力想像！

細緻滑嫩的雪白肌膚！柔軟的軀體！美麗的！粉紅色的乳頭————！

於是——

啪鏗！啪啪啪！

金屬脆弱的碎裂聲——以及衣物爆開的聲音響起！

固定愛西亞四肢的枷鎖化為粉碎，愛西亞的修女服也同時消失。

「呀啊！」

愛西亞瞬間蹲下。

噗噗！

看見愛西亞發育中的裸體，我流下鼻血。

嗯！愛西亞的胸部今天也一樣白皙美麗！

嗡——……

或許是因為愛西亞得到解放離開裝置，裝置跟著停止運轉。

「哎呀哎呀真不得了。」

朱乃學姊立刻用魔力讓愛西亞穿上衣服。

社長「叩叩！」敲打我的鎧甲：

「虧你想得到用洋服崩壞（dress break）破壞枷鎖。只要是穿戴在女生身上，無論是什麼都可以用那招破壞嗎？」

「我、我也不知道，我只是發現枷鎖緊貼手腕腳踝，想說當作穿戴在身上的東西的一部分或許可行。我在腦中回想全裸的愛西亞，然後認真地妄想要把她變成那個狀態。我想一般情況或許辦不到吧，應該是因為禁手（balance breaker）狀態以及倍化版的提升才能成功。是一種在灰色地帶遊走，好不容易才過關的感覺。」

說明得很爛，不過我覺得大概就是這樣。

社長也喃喃說著「嗯——一誠的想像力及妄想或許也能算是破壞枷鎖的主要因素吧。」之類的話，歪著頭像是在思考什麼。

無論如何，愛西亞平安沒事！我也破壞那個裝置！

迪奧多拉垂頭喪氣！我們則是精神百倍！我的妄想拯救夥伴！

好啊！任務完成了！

「一誠先生！」

「愛西亞！」

愛西亞穿著新的修女服抱住我！嗚嗚，隔著鎧甲抱是有點難過，不過愛西亞回來真是太好了！

「我一直相信……一誠先生會來救我。」

「那還用說。可是很抱歉，妳聽到讓妳難過的事了吧？」

愛西亞搖搖頭，帶著笑容對我說：

「沒關係。聽到時打擊是很大，可是我還有一誠先生可以依靠。」

嗚嗚！她太可愛了！真是的！哥哥絕對不會讓妳嫁人！要把妳留在身邊疼愛一輩子！

潔諾薇亞也濕了眼角：

「愛西亞！太好了！如果失去妳，我……」

愛西亞拭去潔諾薇亞的淚水，露出微笑：

「我哪裡也不會去。因為有一誠先生和潔諾薇亞保護我。」

「嗯！我會保護妳！絕對！」

喔喔，兩個好朋友抱在一起。愛西亞和潔諾薇亞的友情實在太美了。換成我和木場——

我絕對不會想和他抱在一起。

「社長、各位，謝謝你們。為了我……」

愛西亞鞠躬道謝，大家都以笑容回應她。

這次是社長抱住愛西亞，帶著溫柔的笑容對她說：

「愛西亞，妳在家裡可以不用叫我社長喔？妳可以把我當成姊姊。」

「——是的！莉雅絲姊姊！」

社長和愛西亞互相擁抱。真是感人的一幕！

「太好了～～～！愛西亞學姊可以平安回來我好高興～～！」

加斯帕也嚎啕大哭。啊，小貓也摸摸他的頭。

啊——總算可以平安回家。裝置也被我破壞，這下子事情結束了吧。躲到地下時應該可以解除鎧甲吧。

在確認安全之前還是維持這個模樣比較好。我擔心會有敵人突然冒出來。

「好了，愛西亞，我們回去吧。」

「是的！啊，在那之前我先祈禱一下。」

愛西亞對著天不知道在祈禱什麼。

「愛西亞，妳在祈禱什麼？」

愛西亞害羞地說聲：

「這是秘密。」

她帶著笑容朝我跑來。

錚。

突然之間，一陣刺眼的光芒襲擊我們。

我看向愛西亞——她被包圍在光柱之中。

光柱消失之後，那裡——

「……愛西亞？」

看不見任何人。

主啊，可以聽聽我的願望嗎？

希望可以永遠守護一誠先生。

還有——

希望今後我也能夠一直和一誠先生過著快樂的生活——

Juggernaut Drive.

那個瞬間，我們不知道發生什麼事。

不，就連現在也還不清楚。

一誠同學打倒迪奧多拉・阿斯塔蒂、破壞神滅具（longinus）製造的裝置，順利救出愛西亞同學之後，我——木場祐斗和其他眷屬正準備離開現場。

就在那個瞬間，愛西亞同學消失在耀眼的光芒之中。

……發生了什麼事？

「以神滅具（longinus）創造的東西，也毀於神滅具（longinus）的攻擊啊。那個操控霧氣的傢伙留了一手吧。看來必須重新建構計畫才行。」

那是陌生的聲音。

我看向聲音傳來的方向，發現一名飄在空中的陌生男子。他身上穿著輕型鎧甲（light armor），還披著披風。

……這種氣焰的性質是怎麼回事，讓人的身體由內而外感到寒意……

社長詢問那名男子：

「……你是誰？」

「初次見面，可恨的假魔王的妹妹。我的名字是夏爾巴．別西卜。我身上流有偉大的真魔王之血，是別西卜的正統繼承人，跟剛才那個冒牌血族不一樣。迪奧多拉．阿斯塔蒂，枉費我助你一臂之力，卻還是落得這種下場。之前對抗阿加雷斯的比賽，你也擅自使用奧菲斯的蛇，讓敵人預測到我們的計畫。你的行為實在太愚蠢了。」

——舊別西卜！

居然在這種時候出現！他就是阿撒塞勒老師所說的，這次的主謀嗎……

迪奧多拉．阿斯塔蒂表情一變，開始懇求舊別西卜的後裔——夏爾巴．別西卜：

「夏爾巴！救救我！和你一起戰鬥，我就能殺掉赤龍帝！舊魔王勢力和現任魔王勢力合力出擊——」

嗶！

夏爾巴的手發出一道光，無情地擊穿迪奧多拉的胸膛。

「真是可悲。我都告訴你那個女孩的神器(sacred gear)有什麼能力，你還無法把她弄到手。看來你的程度也不過如此。」

夏爾巴以嘲諷的語氣如此說道。

迪奧多拉還來不及趴倒在地，已經化為塵土、煙消雲散。那是——光力？是近似天使、墮天使的能力嗎？還是「禍之團（Khaos Brigade）」的研究已經進步到可以讓惡魔使用天使與墮天使的力量了？

我看見夏爾巴的手裝著一個沒看過的機器……那就是產生光的源頭嗎？

那麼愛西亞同學果然……大家似乎也察覺到這個事實。

潔諾薇亞因為憤怒不住打顫。

「好了，瑟傑克斯的妹妹。雖然事出突然，不過我要請妳去死。理由當然是為了消滅所有現任魔王的血親。」

夏爾巴的聲音冷淡，眼中也充滿憎惡之色。看來他對現任魔王的恨意很深。自己的主張、家世、魔王寶座都遭到剝奪，還被趕到冥界的偏遠地方，一定讓他們強烈地懷恨在心吧。

「你想殺光格喇西亞拉波斯、阿斯塔蒂，還有我們吉蒙里是吧？」

聽到社長的問題，夏爾巴瞇起眼睛說道：

「妳說得沒錯。因為我們非常不愉快。我們真正的血統，卻得被你們現任魔王的血親冠上一個『舊』字，讓我們無法忍受。」

夏爾巴嘆了口氣：

「這次的作戰行動到此為止，是我們輸了。沒想到神滅具(longinus)當中屬於中等位階的赤龍帝的手甲(boosted gear)可以贏過上位的絕霧(dimension lost)。這只能說是始料未及。不過這次的行動做為實驗案例，可以說是得到相當有意義的成果，對今後的恐怖攻擊也有幫助，還算是可以接受。雖然克魯澤雷死了，但是問題不大——即使沒有瓦利，只要有我在就足以領導惡魔。真正的別西卜就是如此偉大。好了，在離開之前順手收拾一下——瑟傑克斯的妹妹啊，受死吧。」

「不敢直接找現任魔王決鬥就從魔王的血親下手，太卑鄙了！」

「這樣才對。先從現任魔王的家人殺起，為現任魔王帶來絕望，否則就沒有意義。」

「——邪魔歪道！殺了愛西亞更是罪不可赦！我絕對不會原諒你！」

社長情緒激動，從全身上下迸現的紅色氣焰暴增至最大等級！

朱乃學姊的臉孔也因為怒意而扭曲，雷光環繞在她的身上。

我也不打算原諒他！愛西亞同學……她好不容易才解決了過去的一切！事情才剛因為她最喜歡的一誠同學打破一切而落幕！

她終於可以真正地細細品味現在的幸福！

然而眼前這個傢伙卻奪走一切！

竟然消滅我重要的同伴！這個罪即使以他的性命相抵也無法清償，不過這個恐怖分子還是得死！

「愛西亞？愛西亞？」

——

一誠同學踏著不穩的腳步四處走動，呼喊愛西亞同學的名字。

「愛西亞？妳跑到哪裡去了？乖，要回去囉。我們該回家了。爸媽都在等我們。妳、妳躲起來我們就不能回家了。哈哈哈，愛西亞真調皮。」

一誠同學……四處尋找愛西亞同學，步伐搖搖晃晃……

「愛西亞？該走囉。沒有人會欺負妳了。就算有，我也會狠狠揍他一頓！乖，回家了。愛西亞，我們還要一起參加運動會的兩人三腳……」

——我不忍心看下去。

看見眼前的光景，小貓和加斯帕都不禁嗚咽。

朱乃學姊也背對著他，臉上流下淚水。社長過去輕輕抱住一誠同學。

我也壓抑不住這股心頭湧現的情感……

「社長，我找不到愛西亞。我們終於可以離開這裡了。還得先到老師交代的神殿地下避一避才行。可是找不到愛西亞不能走…………老、老爸和老媽說愛西亞是他們的女兒。愛西亞也說我的爸媽就像她真正的父母……她是我的、我們的重要家人……」

一誠同學以失魂落魄的模樣喃喃說道，社長一次又一次輕撫他的臉頰。

「…………不可原諒。不可原諒！看劍！我要砍了你！」

潔諾薇亞一邊大吼，一邊舉起杜蘭朵以及阿斯卡隆砍向夏爾巴！

「沒用的。」

噹！

夏爾巴以閃耀光芒的防禦障壁彈開兩把聖劍，朝潔諾薇亞的腹部發射魔力彈！

碰——！

潔諾薇亞摔到地上，聖劍也脫離她的手，刺進地板。

「…………把愛西亞還給我…………她是……我的朋友……！……是個心地善良的朋友……比任何人都要善良……！為什麼……！」

即使重重摔在地上，潔諾薇亞依然爬向脫手的聖劍，試圖握住劍柄。

夏爾巴面對一誠同學說道：

「低劣的轉生惡魔還有形同穢物的龍族。吉蒙里家的公主真是沒眼光。那邊那個赭紅色的穢物，那個女孩消失到次元的盡頭了。她的身體想必已經不復存在了吧——意思就是，她死了。」

一誠同學的視線對準浮在半空中的夏爾巴。

接著一動也不動地望著他。那副模樣看起來不太對勁。一誠同學面無表情，只是一直看著夏爾巴的臉。

『莉雅絲‧吉蒙里，立刻離開這裡。不想死就馬上退開。』

這是德萊格的聲音。他發出連我們也聽得見的聲音。

退開？什麼意思？社長也和我一樣一臉詫異。

接著德萊格對夏爾巴說道：

『那邊那個惡魔。你叫夏爾巴是吧？』

一誠同學推開社長，站了起來。

『你——』

踏著有如活屍(ghoul)的不穩步伐，一誠同學走向夏爾巴。

一誠同學走到夏爾巴的正下方時，德萊格的聲音從一誠同學的口中流出！不帶感情的聲音，令人身心都感到寒冷。

『做了錯誤的選擇。』

隆————————————————————————！

神殿劇烈晃動，一誠同學發出有如鮮血的紅色氣焰！那股氣焰逐漸高漲、不斷擴大，整座神殿內部都在紅色的光芒照耀之下！

我透過肌膚感覺到氣焰的性質，所以能夠理解！那股氣焰……很危險！

一誠同學的口中說出宛如詛咒的咒語。

那不只有一誠同學的聲音，還參雜男女老幼許多不同的聲音，令人毛骨悚然。

『吾，乃覺醒者——』

〈開始了。〉〈還是開始了。〉

『乃自神奪得霸之理之二天龍也——』

〈事情總是這樣。〉〈是啊，總是這樣。〉

『嗤笑無限，憂慮夢幻——』

〈世界所追求的——〉〈世界所否定的——〉

『吾，當成赤龍之霸王——』

〈在任何時代，總是力量。〉〈在任何時代，總是愛。〉

〈你們一次又一次地選擇滅亡啊！〉

一誠同學的鎧甲逐漸變化——出現更多銳角，還長出巨大的翅膀。四肢伸出看似利爪的部分，頭盔上也多出好幾根看似角的東西。

——那副模樣，簡直就是一條龍。

男女老幼混雜在一起的聲音，從全身上下各個部位的寶玉發出近似吼叫的話語！

「將汝沉入紅蓮煉獄——」

『Juggernaut Drive!!!!!!!!!!!!』

轟————————……

一誠同學的四周產生衝擊！地板、牆壁、柱子、天花板，所有東西都遭到破壞！起因是一誠同學的鎧甲發出的血紅色的氣焰！

「咕啊啊啊！愛西亞————————————————！」

一誠同學發出彷彿野獸吼叫的聲音，在原地以四肢著地，拍動幾下翅膀。

咻！

劃開空氣的聲音！好快！連我的眼睛都無法完全掌握——

「嗯唔唔唔唔唔！」

我聽見夏爾巴的哀號。我轉過頭去，看見化為一隻小龍的一誠同學抓住夏爾巴，咬向他的肩膀。頭盔長出好像嘴巴的部分，一誠同學就以嘴裡的尖牙啃咬夏爾巴。

噗滋噗滋噗滋……我聽見扯斷肌肉的聲音。

「該死！」

夏爾巴在右手製造光，準備朝一誠同學發射——但是一誠同學身上的一顆寶玉伸出長滿赭紅色鱗片的龍手，擋住夏爾巴的右手。

接著另外一顆寶玉伸出利刃，砍斷他的右手！

「唔喔！」

夏爾巴露出因為劇痛感到痛苦的表情！鮮血散落在神殿的地板！

噗嘰！隨著令人作嘔的聲音響起，一誠同學扯下夏爾巴肩上的肉，降落到地面。

以四肢順利著地的一誠同學「呸！」將夏爾巴的肉吐在地上。赭紅色的鎧甲混雜鮮血，散發詭異的光澤。

「嘰咕啾嘎——啾哈咕哈——！唔喔喔！」

他發出的聲音……已經不是人類的話語……散布於全身的寶玉有些伸出龍手，有些伸出利刃，逐漸讓一誠同學呈現非人的異常外形。

「開什麼玩笑！」

憤怒不已的夏爾巴落到地面，以剩下的左手發出光力攻擊！攻擊呈現帶狀，規模可以說是極為龐大。

赤龍帝的翅膀——發出光芒！簡直就像白龍皇的翅膀！

夏爾巴發出的光之波動襲向一誠同學的瞬間——

『DividDividDividDividDividDividDivid!!』

隨著一連串的語音，光之波動化為一半——然後又變成一半！夏爾巴的攻擊無止盡地縮小，最後弱化到只剩筆燈的大小。

這是——一誠同學之前奪取的白龍皇之力！連這股力量都能如此運用自如嗎！

「是瓦利的力量嗎！該死！走到哪裡你都要擋在我面前嗎！瓦利————！」

夏爾巴放聲大吼，接著發射的不是光，而是魔力波動！好大！極大的氣焰波動朝一誠同學侵襲！

啪嘰————！

然而一誠同學只靠振翅的動作就改變軌道，彈開攻擊。

——！只用那麼小的動作就化解那麼強大的攻擊！

不過夏爾巴・別西卜和瓦利有什麼過節嗎？舊別西卜和舊路西法的後代，或許是這樣的立場讓兩人之間產生嫌隙吧。

什麼！我察覺到一誠同學的變化，大吃一驚。

赤龍帝頭盔的嘴巴大張！看得見裡面有個類似雷射發射口的構造。亮光一閃！

嗶————！

從面罩處產生的赭紅色雷射直線延伸，轟掉夏爾巴的左手！

雷射的威力不見止息，在神殿的地板、牆壁、天花板上留下一道淺痕。瞬間——

隆————！

雷射照射過的地方爆炸了！煙霧瀰漫，周遭更是漫天塵埃。

「嗯啊啊啊啊嘎啊啊啊啊啊！」

一誠同學放聲咆哮，在全身上下游走的龐大氣焰挖開地板，形成巨大的撞擊坑。光是讓氣焰流動就能讓周遭的事物灰飛煙滅！

「該、該死的怪物！這、這就是『霸龍（juggernaut drive）』嗎！開什麼玩笑！我、我的力量經過奧菲斯的提升，已經達到前任魔王等級！這已經超過赤龍帝的手甲（boosted gear）在資料上的數值吧！」

夏爾巴的臉上充滿恐懼。他的雙眼呈現強烈的膽怯之色，把一誠同學當成可怕的對象。

至於我們——只能茫然看著一切。

社長瞪大雙眼，渾身發抖。朱乃學姊、潔諾薇亞、小貓、加斯帕也都帶著恐懼看著一誠同學。我也一樣不住顫抖。

——怪物。那已經不是一誠同學。

一誠同學——赤龍帝改變姿勢，雙翼向兩旁伸展，把臉正對夏爾巴。

喀嚓。

接著響起滑動的聲響。我仔細一看，鎧甲的胸口和腹部開啟，露出某種發射口。

嘟————……

在沉穩的震動聲之後，赭紅色的氣焰逐漸聚集到發射口。聚集的份量逐漸增大，足以令人發寒的壓縮氣焰在那個發射口不停累積……！

向兩旁展開的雙翼也發出赭紅色的光芒，詭譎的紅光往四面八方擴張。

「唔！我不能死在這種地方！」

夏爾巴試圖用僅剩的雙腳畫出轉移魔法陣——但是他的腳動彈不得。

「……我、我的腳！被他停住了嗎！」

鎧甲的眼睛閃著紅光……難道他發動了和加斯帕的神器（sacred gear）相同的能力嗎！赤龍帝到底還有什麼隱藏能力！

『BoostBoostBoostBoostBoostBoostBoostBoostBoostBoostBoostBoostBoostBoostBoostBoostBoostBoostBoostBoostBoostBoostBoostBoostBoostBoostBoostBoostBoostBoostBoostBoostBoostBoostBoostBoostBoostBoostBoostBoostBoost!!!!!!!!!!!!!!!!』

『Longinus Smasher!!!!!!』

赤龍帝的神器(sacred gear)發出的語音在神殿裡產生回音。

接著蓄積大量紅色氣焰的發射口開始發射！

不妙！照這個威力來看，我們也會遭到波及！

「社長，我們先撤退吧！必須離開這座神殿才行！」

「一誠……我……」

社長似乎想朝一誠同學走去，但我制止她的動作。

「不好意思！」

我抱起社長開始移動。朱乃學姊攙扶潔諾薇亞，還有小貓和加斯帕也跟在我身後！

「怎、怎麼可能……！我是真魔王的血統繼承人！我還沒有對瓦利還以顏色啊！別西卜比路西法還要偉大！可恨！區區的龍族！該死的紅龍！該死的白龍────！」

嘶啪────────！

夏爾巴遭到赤龍帝發出的赭紅色閃光包圍，連同神殿一起消失在光芒之中──

「……」

離開神殿之後，我創造許多聖魔劍形成類似掩體的結構體，讓眷屬在裡面避難。

確認神殿崩塌的聲響平息，我解除聖魔劍，觀察外面的狀況。

──神殿完全倒塌。

原地只剩下之前那個神滅具(longinus)製造的裝置，但是那個裝置也出現多處損壞，滿是裂痕殘破不堪。

赤龍帝的力量竟然如此強大……

「喔喔喔喔喔喔喔喔喔……」

一誠站在化為瓦礫的神殿上方，對天發出充滿悲哀的咆哮。

──即使失去自我，失去愛西亞同學的悲傷依然殘留。

夏爾巴·別西卜和迪奧多拉·阿斯塔蒂都已經死了。戰鬥明明已經結束，一誠同學的鎧甲卻沒有解除的跡象。

……這下子怎麼辦，該怎麼做才能讓一誠同學復原？

包括社長在內，其他的眷屬只能眼睜睜看著一誠同學咆哮。

「你們好像很傷腦筋喔？」

別人的聲音？這時空間出現一道裂縫！從剛好能讓一個人進出的裂縫當中現身的——是白龍皇瓦利。還有一個身穿古代中式鎧甲的男子——雖然是第一次見到，不過他應該是孫悟空，美猴吧。另外還有一名身穿西裝的陌生男子。

那名男子手上的劍散發前所未見的神聖氣焰。

我立刻理解，他就是一誠同學曾經見過的那個聖王劍柯爾布蘭的持有者吧。

「瓦利。」

社長因為瓦利的出現感到驚訝——但立刻採取攻擊的態勢。我們也擺出戰鬥姿勢。然而他的身上感覺不到敵意。

「我沒有意思要和你們開打，只是過來看看——看赤龍帝的『霸龍（juggernaut drive）』。話雖如此，看他的樣子似乎是半調子的『霸龍（juggernaut drive）』狀態。幸好『霸龍（juggernaut drive）』現象發生在這個結構堅固的戰場。如果在人類世界進入這種狀態，或許已經演變成一座城市連同周邊一起消失的大騷動。」

社長詢問瓦利：

「……這個狀態有辦法復原嗎？」

「因為不是完全的『霸龍（juggernaut drive）』，之後有可能復原，也有可能無法復原，就這樣一直消耗生命致死。無論如何，長時間維持這個狀態是讓兵藤一誠的性命暴露在危險之中。」

那果然是很危險的狀態啊……

這時美猴走到我的身邊——他的手上抱著熟悉的少女。

「接著。這個療癒的小姐是你們的眷屬吧。」

美猴交給我的少女——正是愛西亞同學！

「愛西亞！」

「愛西亞！」

社長和朱乃學姊，大家都聚集在愛西亞同學的身邊。乍看之下沒有外傷，彷彿只是昏了過去……而且還有呼吸！

「她還活著！」

我的話讓大家濕了眼眶。我的心中同樣有種難以壓抑的感受。太好了！真是太好了！

「可是為什麼……」

我說出自己的疑問，柯爾布蘭的持有者回答：

「我們正好在附近的次元夾縫探索，結果這名少女便飛進次元夾縫。瓦利說認得她，於是我們就把她帶到這裡。算你們運氣好，如果不是我們湊巧出現在那裡，這名少女可能已經碰上次元夾縫的『無』，消失殆盡了。」

原來如此，是這樣啊。不過太好了，幸好愛西亞同學沒事。

「嗚哇————————！」

潔諾薇亞確認愛西亞平安無事，大概是因為放下心中的大石頭，當場跌坐在地哭了起來。我把愛西亞同學放在潔諾薇亞的身邊，她便小心翼翼地抱住愛西亞同學，帶著笑容流下高興的淚水。

「——接下來只剩下一誠。」

社長看向一誠同學。一誠同學至今仍然沉浸在失去愛西亞同學的悲傷當中，只顧著放聲咆哮。

「告訴他愛西亞平安無事的話，不知道能不能解除那個狀態。」

聽了社長的想法，瓦利搖搖頭：

「太危險了，妳會死的。不過我也不會阻止妳。」

這時朱乃學姊和小貓接近瓦利接連開口：

「雖然我沒有立場求你，不過還是拜託你，請你幫我們救他。既然你身為白龍皇，應該有辦法讓他找回自己的意識吧？」

「……拜託你。我們也會盡全力去做，請你助我們一臂之力救救他……」

她們兩個都對一誠同學抱有強烈的感情。

我原本以為瓦利會立刻否決，但是他摸摸下巴，開始思考：

「這個嘛，如果能夠引發某種可以強烈動搖他的深層心理的現象就好了……」

「給他看胸部就可以了吧？」

美猴在一旁邊搔頭邊開口。

其實我也認為這是最有可能的辦法，只是說不出口。

「在這種狀態下不知道行不行得通。無論在任何時代，能夠讓龍鎮靜的總是歌聲……但是現在沒有這種歌，更別說根本沒有赤龍帝與白龍皇的歌。」

「有喔——————！」

一個長著白色羽翼的天使從遠方飛來，打斷瓦利的話——來者是紫藤伊莉娜。

「呼——到了——等等，那個就是現在的一誠？雖然聽米迦勒大人和阿撒塞勒大人提過，但是狀況真的很嚴重！」

一下吃驚，一下吵鬧，紫藤伊莉娜依然是個情緒起伏很大的人。

「伊莉娜，妳為什麼會來這裡？」

潔諾薇亞如此一問，伊莉娜就將手上的立體投影器材向前遞。這是惡魔使用的器材。

「在觀戰室和這個領域裡戰鬥的各位大人物，都知道一誠進入危險的狀態。於是魔王路西法大人和阿撒塞勒大人認為這樣下去不行，所以讓我帶著秘密武器過來這裡！題外話，把我傳送到這裡的是奧丁大人！太厲害了！北方的神明！鬍子一大把！」

……她的激動情緒足以破壞現場的氣氛。

社長接過投影器材，立刻擺到地上：

「雖然不太清楚這是什麼，不過既然是兄長和阿撒塞勒準備的，效果應該可以期待。」

社長緊張地嚥下口水，然後按下投影器材的按鈕。

於是——空中投射出巨大的畫面。

啊，一誠同學也面對影像了。

接著畫面出現超乎想像的景象。

『胸部龍！要、開、始、囉——！』

畫面中化為禁手(balance breaker)狀態身穿鎧甲的一誠同學如此一喊——就有一群小朋友聚集到他的身邊。

『胸部！』

影片中的孩子們在他的周圍大喊。

一誠同學和小朋友開始跳舞，接著播放輕快的音樂。隨著音樂響起，一誠同學和孩子們也跳得更起勁。

空中打出了文字——是歌名和歌詞。
令人為之驚訝的發展讓所有人的眼珠差點沒有掉出來！

——這 是 什 麼。

「胸部龍之歌」

作詞：阿撒☆塞勒
作曲：瑟傑克斯．路西法
舞蹈動作編排：賽拉芙露．小利維

在某個國度的角落
有隻最喜歡胸部的龍住在那裡
天氣晴朗時總是外出散步找胸部☆
胸部龍　胸部龍　他是胸部龍
揉捏揉捏　吸吸吸吸　磨蹭磨蹭

世界上有各式各樣的胸部
不過　還是最喜歡大胸部
胸部龍　今天也要飛

在某個城鎮的角落
有隻最喜歡胸部的龍在這裡歡笑
風雨交加的日子戳了胸部精神就變好☆
胸部龍　胸部龍　他是胸部龍
戳刺戳刺　陷陷陷陷　呀啊——
到處看過好多好多的胸部
不過　還是最喜歡大胸部
胸部龍　今天也要戳

…………

所有人都愣在原地。想必是因為不知道該做何反應吧。

我知道了，這八成就是他去電視台時拍的東西吧。只有他去錄影的片段，其實是給小孩子看的歌唱節目。

歌名就叫「胸部龍之歌」！

他們還特地要一誠同學變身成禁手(balance breaker)狀態才開始拍攝，讓他和孩子們一起跳舞。現在看到製作完成的影像，我嚇了一跳。

最誇張的就是作詞和作曲……你們兩位到底在做什麼！

——這也太離譜了。

「……嗚嗚，胸部……」

「！」

一誠同學抱著頭，說出正常的話語！他說「胸部」！不對，這樣好像也不算正常！

「有反應了！」

社長留下歡喜的淚水。

「……怎麼會這樣，居然對這種歌有反應。」

小貓——垂著貓耳無言以對。

「紫藤同學，再播一次吧！」

紫藤伊莉娜以動作回應社長的話。

「好啊！交給我吧！」

她再次按下投影器材的播放鈕。

在某個國度的角落
有隻最喜歡胸部的龍住在那裡
天氣晴朗時總是外出散步找胸部☆
胸部龍　胸部龍　他是胸部龍
揉捏揉捏　吸吸吸吸　磨蹭磨蹭
世界上有各式各樣的胸部
不過　還是最喜歡大胸部
胸部龍　今天也要飛

「嗚嗚，胸部……揉捏揉捏，吸吸吸吸……」

一誠同學抱著頭不停掙扎。

在某個城鎮的角落
有隻最喜歡胸部的龍在這裡歡笑

風雨交加的日子戳了胸部精神就變好☆
胸部龍　胸部龍　他是胸部龍
戳刺戳刺　陷陷陷陷　呀啊——
到處看過好多好多的胸部
不過　還是最喜歡大胸部
胸部龍　今天也要戳

「……陷陷陷陷……呀啊——……戳刺。」

一誠同學的手指做出戳刺按壓某種東西的動作！銳利的爪子也已經從指尖消失。

「這樣應該行得通——」

『Vanishing Dragon Balance Breaker!!!!!!!』

瓦利瞬間禁手化（balance break），穿上白色的鎧甲。他拍動光翼接近一誠同學，以堪稱光速的速度近逼！

『Divid!!』

白龍皇的語音大響，同時我感覺一誠同學的力量似乎減少許多。

應該是瓦利以光速觸碰一誠同學，發動他的能力吧。不久之前被認為是辦不到的舉動，在一誠同學因為那首歌漸漸恢復意識之後似乎產生效果。

「趁現在，莉雅絲！他追求的是妳的乳頭！」

「咦咦！」

聽到朱乃學姊的發言，社長嚇得目瞪口呆！

朱乃學姊不予理會，繼續說下去：

「一誠是按了妳的乳頭才達到禁手（balance breaker），那麼反過來應該也辦得到。剛才的一誠還散發危險的氣息讓人無法接近，但是因為那首歌逐漸恢復正常的一誠就另當別論！」

「可、可是，我的乳頭可以解除一誠的『霸龍（juggernaut drive）』嗎……」

「可以！我就不行了……呵呵呵，果然這種事還是適合妳來做……我有點不甘心。」

朱乃學姊的眼中浮現哀傷之色，但是她的話卻讓人不知道該怎麼回應。說什麼乳頭，怎麼會有這種蠢事……

社長偷偷瞄了瓦利一眼，但是額頭冒汗的瓦利移開視線。看來他不想繼續參與這件事！好嚴苛的反應！

美猴則是在他的身旁捧腹忍笑。是啊，你就笑吧。事到如今只能笑了！一誠同學，你到底是多麼執著於胸部龍！

社長做個深呼吸，下定決心：

「我知道了。」

她走向一誠同學，步伐當中沒有一點遲疑！

這樣真的好嗎，社長！最近只要是和一誠同學有關的事。妳都毫不猶豫喔！

那首歌不知道重複播放了幾次，社長和一誠同學之間的距離越來越近，最後終於站到他的眼前。

然後社長解開制服的鈕釦，褪去胸罩。從我們這個角度什麼都看不見，妳放心吧，社長。

「我、我的……胸、胸部……」

一誠同學找到他渴望的東西，朝社長的胸部伸出顫抖的手指——

在這幅景象當中，歌曲也進入不知道第幾次的副歌部分。

胸部龍　胸部龍　他是胸部龍

戳刺戳刺　陷陷陷陷　呀啊——

到處看過好多好多的胸部

不過　還是最喜歡大胸部

胸部龍　今天也要戳

下個瞬間，一誠同學的鎧甲已經解除，他也得到解放。

「……莉雅絲·吉蒙里的胸部是兵藤一誠的控制開關還是什麼嗎？」

瓦利眉頭深鎖，認真地煩惱。美猴在一旁瘋狂大笑：「你這樣說太過分啦！」

夠了，隨便他們怎麼說……

一誠同學，你真是了不起的胸部龍……

Life.5 偉大之紅！

「嗯——咦？發生什麼事了？」

我醒過來時，禁手狀態(balance breaker)已經解除。社長和朱乃學姊抱著我大哭，我心想是不是出了什麼事。

我自己不太記得，不過根據木場所說，我進入失控狀態，打倒那個叫什麼夏爾巴的傢伙。嗯，這件事我完全不記得。

等等，潔諾薇亞抱著的女孩不是愛西亞嗎！為什麼？

「是瓦利救了她。」

木場指著瓦利說道。啊，原來瓦利也在……為什麼這個傢伙要救她？還有他為什麼一臉苦笑？

我問了理由，才知道瓦利在這裡是一連串的巧合導致的結果。

可是愛西亞沒事真是太好了！

「愛西亞！愛西亞！」

我連續叫了幾聲，愛西亞緩緩睜開眼睛。

「……咦？……一誠先生？」

喔喔！她沒事！太好了！我的愛西亞——

咚！

正當我準備抱住她時。卻被潔諾薇亞撞開！

「愛西亞！」

潔諾薇亞緊緊抱住愛西亞。哎呀，她開始嚎啕大哭。

「潔、潔諾薇亞。怎麼了嗎？這、這樣有點難受……」

「愛西亞！愛西亞愛西亞愛西亞愛西亞愛西亞愛西亞！我和妳是朋友！永遠永遠都是朋友！所以妳不要再丟下我了！」

愛西亞溫柔地摸摸泣不成聲的潔諾薇亞的頭：

「……是的，我們永遠都是朋友。」

「太好了～」

伊莉娜也在一旁一邊點頭一邊落淚。

……事情總算圓滿解決。我嘆了口氣，放下心中的大石頭。這時瓦利對我說道：

「兵藤一誠，看來你沒事。」

「是啊。我好像給你添麻煩了。」

「還好啦，偶爾這樣也好。先別說這些，時間差不多了。你看一下天空。」

「？」

我內心覺得奇怪，仰望戰場上方空無一物的白色天空。

於是——

啪！啪！

在空間當中開啟一個大洞。然後好像有什麼東西從洞裡現身。

「那是——」

看見從洞裡出現的東西，我嚇得合不攏嘴。社長和其他眷屬也一樣。

瓦利微微揚起嘴角：

「仔細看好了，兵藤一誠。那就是我想看的東西。」

一隻極為巨大的生物——鮮紅色的龍以雄壯的動作在空中遨遊。

好大！比坦尼大叔還要大多了！超過一百公尺！

瓦礫瞇起眼睛繼續說道：

「人稱『紅龍』的龍族有兩種。一種是寄宿在你身上的威爾斯古龍——Welsh Dragon，也就是赤龍帝。白龍皇也是同樣出自該地方傳說的龍。但是還有另外一隻『紅龍』，就是出現在《啟示錄》當中的紅龍。」

「《啟示錄》……？」

「『真赤龍神帝（Apocalypse Dragon）』偉大之紅（Great Red）。人稱『真龍』的偉大龍族。他自己選擇次元夾縫為住所，永遠在裡面飛行。這次我們來到這裡，就是為了看他一眼。排名遊戲的戰場正是在次元夾縫的一角張設結界，在結界裡建立的領域。這次奧菲斯真正的目的也是要親眼見到他。夏爾巴他們的作戰計畫，對我們來說只是可有可無。」

「可是他為什麼要在這種地方飛行？」

「誰知道。相關的說法有很多……總之那就是奧菲斯的目的，也是我想打倒的目標。」

瓦利的目標——

這時瓦利以我未曾見過的直率眼神說道：

「我最想與之一戰的對手——人稱『D×D（Dragon of Dragon）』的『真赤龍神帝（Apocalypse Dragon）』偉大之紅（Great Red）——我想成為『真白龍神皇』。紅的有個最上位的傢伙，卻只有白的停在前一個位階，你不覺得這樣感覺很差嗎？所以我要再往上爬。總有一天，我要打倒偉大之紅（Great Red）。」

這就是瓦利的夢想啊。

這樣啊，原來這個傢伙也有夢想。會置身恐怖分子組織，也是為了打倒那隻巨龍。

我知道這個傢伙本身也做了不少壞事，但是聽見他的夢想，我才真正體會原來瓦利也有這樣的一面。

「偉大之紅（Great Red），久違了。」

——！

一個身穿洋裝的黑髮少女站在距離我們不遠之處。

「那個女孩是誰……？剛才沒有看到她。」

瓦利看了一眼，苦笑說道：

「——奧菲斯，就是無限龍神（Uroboros Dragon）。同時也是『禍之團（Khaos Brigade）』的首領。」

——！真的假的！那就是壞蛋的老大！話說她為什麼會到這種地方！該不會是想和我打一場吧！

少女——奧菲斯對著偉大之紅比出手槍的手勢，做了開槍的動作。

「總有一天，我一定會得到寂靜。」

啪沙！

這次是振翅聲。

咚！

好像有什麼巨大的東西落地！現在又是怎麼回事！等等，那不是老師和坦尼大叔嗎！

「老師、大叔！」

「喔喔，一誠，你變回來啦。我本來也很擔心，不知道事情會變成怎樣，後來才想到以你的狀況，說不定可以靠那首歌和女人的胸部從『霸龍』狀態復原。畢竟你是個戳了乳頭達到禁手的超級大笨蛋。也不枉我為那首歌填詞了。」

那首歌的歌詞的確是充滿夢想，不過還是太誇張了！

「順便告訴你，是瑟傑克斯邀我作詞的。那個傢伙和賽拉芙露負責作曲和編舞時，也都做得很起勁呢。」

老師，我後來知道這件事時也嚇了一跳。從某種角度來說，這也算是冥界的惡魔界與墮天使界雙方值得紀念的合作。大叔也豪邁地笑了：

「哈哈哈哈，不愧是喜歡胸部的赤龍帝！不過——我們原本是追著奧菲斯來到這裡，沒想到會出現這麼不得了的東西。」

老師和大叔也看向飛在空中的偉大之紅。

「真是令人懷念，是偉大之紅啊。」

「坦尼也和他打過嗎？」

老師這麼一問，大叔搖搖頭：

「不，他根本不把我放在眼裡。」

連大叔也無法與他為敵嗎？那隻巨龍到底有多強啊……？

「好久不見了，阿撒塞勒。」

瓦利對老師說道：

「你們打倒克魯澤雷·阿斯莫德了？」

「是啊，舊阿斯莫德被瑟傑克斯收拾了……在上面統領的傢伙被解決，底下的人也會跟著逃走。看來夏爾巴·別西卜也被一誠以『霸龍（juggernaut drive）』收拾了。」

「兄長呢？」

社長如此詢問老師。

「因為結界崩潰，他就回觀戰室了。」

接著老師對奧菲斯說道：

「奧菲斯，在各地作亂的那些舊魔王派逃亡的逃亡、投降的投降了——失去統領他們的舊魔王後裔，舊魔王派實際上已經形同瓦解。」

「是啊。這也是一個結局。」

奧菲斯一點也不驚訝。少了一個派系對她而言不算什麼嗎？

聽到她這麼說，老師瞇著眼睛聳聳肩：

「你們那夥人當中，除了瓦利以外，最大的勢力就只剩下集結人類英雄及勇者的後裔，還有神器（sacred gear）持有者的『英雄派』吧。」

英雄派？恐怖組織還有其他勢力喔！對了，這麼說來，他們那個組織聚集了來自四面八方的危險分子吧……

「好啦，奧菲斯。要打嗎？」

老師將光之長槍的槍尖指向奧菲斯。又要繼續戰鬥了嗎！而且還是老大對決！

奧菲斯聞言轉過身去。

「我要回去了。」

哎呀，毫無戰鬥意願啊。我們這邊的幾位老大看起來似乎無法接受，坦尼大叔張開雙翼，開口叫住她：

「等一下！奧菲斯！」

但是奧菲卻只是露出詭異的笑容。

「坦尼。龍王再次聚首——事情越來越有趣了。」

咻！

我才剛覺得空氣瞬間震動——奧菲斯已經消失無蹤！

哎呀呀，她逃跑了！

老師和坦尼大叔也為之嘆氣。

「我們也撤退吧。」

是瓦利的聲音。那個傢伙正準備要走進西裝男製造出來的次元裂縫。你們逃跑的速度也太快了吧！

「兵藤一誠——你想打倒我嗎？」

「……當然，但是我想超越的不是只有你。我也想超越同為眷屬的木場，也想超越我的朋友，匙。其他還有很多我想超越的人。」

「我也是。除了你以外，我也有其他想打倒的人。真奇怪，現任赤龍帝和現任白龍皇都有比宿命對決更重要的目的和目標。我想這次的你和我一定是很奇怪的紅龍與白龍吧。偶爾出現兩個怪人也無所謂吧——但是總有一天。」

我握拳指向瓦利：

「是啊，我們要一決高下。要是社長和朱乃學姊的胸部被你減半可就不得了了。」

「你果然很有意思——變得更強吧，兵藤一誠。」

「再見了，胸部龍！還有開關公主！」

嘖！美猴最後的嘲笑惹惱我了！話說開關公主是怎麼回事？啊，社長的臉紅得不能再紅了。到底怎麼了？

「木場祐斗先生，潔諾薇亞小姐。」

西裝男對木場和潔諾薇亞說道：

「我是聖王劍的持有者，也是亞瑟王的後裔，請叫我亞瑟吧。總有一天，我們會來場聖劍之戰吧。告辭。」

瓦利和他的同伴消失在次元裂縫當中。

我原本還在思考要不要追上去，可是那個傢伙救了愛西亞。

我不知道那是他的一時興起還是什麼原因。

但是我不想在這裡和他開打。

總有一天——我們一定會再碰上。好了好了，我要轉換一下心情。

我牽起愛西亞的手，帶著笑容對她說：

「這次真的要回去了，愛西亞。回我們的家吧。」

「是的。回到那個有爸爸媽媽在等我們的家。」

看見愛西亞的笑容，我——昏了過去。

Vali Lucifer.

「瓦利，是幹部連的聯絡。夏爾巴那個傢伙還活著，只不過已經奄奄一息。」

「這樣啊，美猴。再怎麼說，夏爾巴都太急了。提倡徹底抗戰，遭到現任魔王政府放逐的前人也太急了——他們只顧著眼前的怨恨而行動，才會自取滅亡。」

「舊魔王派那些傢伙說想迎接你去當他們的領袖。你說呢？」

「告訴他們，我有現在的地位就夠了。我不想再因為身為前魔王的血親而增加工作。」

「唉，這下舊魔王派幾乎可以說是瓦解了。照這樣看來，有其他派系要抬頭了。」

「卡特蕾雅、克魯澤雷、夏爾巴——你們的妒嫉心太重了。既然身為尊貴的前魔王血親，就應該活得更加尊榮高貴。」

「對了，你為什麼會救赤龍帝他們的療癒小姐？真不像你的作風。」

「——因為一時興起。如此而已。」

New Life.

「嗚、嗯——……」

我睜開眼睛，發現人在自己的房間。

……奇怪？我揍飛迪奧多拉、見過瓦利，之後怎麼了？

總覺得我好像一直昏倒……

「你醒了嗎？」

我轉頭面對聲音傳來的方向——看見銀髮女僕葛瑞菲雅。

還有一名紅髮的小男孩——米利凱斯大人也和她在一起。他探頭看著我的臉：

「一誠哥哥終於醒了，媽媽！」

「米利凱斯少爺，我說過在別人面前不可以那樣稱呼我。」

「噗——好啦——」

我挺起上半身，葛瑞菲雅便遞了一杯水給我。

「啊，謝謝。」

在我喝水時，葛瑞菲雅開始準備立體投影裝置。

啥？這要幹什麼？

裝置啟動後，投射出立體的男性影像——是瑟傑克斯陛下。他的打扮也太休閒了。是不是偷偷跑去哪裡玩了？

『嗨，一誠。看來你清醒了。』

「啊，是的！」

『這次的事辛苦你了。多虧你和莉雅絲的精采表現，我們和「禍之團（Khaos Brigade）」舊魔王派之間姑且算是有個了斷。』

根據陛下的說法，我在最後的最後昏過去，就這樣昏睡好幾天。

看來是變成那個「霸龍（juggernaut drive）」的狀態對我的身體造成相當大的負擔。

現在我已經無法變成那個狀態，而且陛下也勸我不要那麼做比較好。

『在你昏睡的這段期間，阿撒塞勒和德萊格好像聊了很多事。你因為一心以為失去愛西亞·阿基多，使憤怒的情感提升到最大極限，解放原本遭到封印的力量。』

原來如此，我是因為暴怒變成非常不得了的狀態吧。不過德萊格那個傢伙，居然趁我在睡覺時跑出來了。

『那個狀態能暫時得到超越神和魔王的力量——但是會嚴重削減持有者的生命。你還是不要再變成那個狀態比較好。如果你死了，會有很多人難過。我的妹妹也是——』

「是的。我知道了。」

我不記得那是什麼狀態，但是也不想再次嘗試。

要是死了，豈不是賠了夫人又折兵。這次是因為我以為愛西亞死了而失控，才會變成那樣，可以的話我再也不想變成那樣。

聽說「禍之團(Khaos Brigade)」的舊魔王派因為這次的事件失去向心力，幾乎已經宣告瓦解。

繼承舊魔王血統的瓦利對這方面的事好像沒什麼興趣，拒絕領導舊魔王派。瑟傑克斯陛下表示，舊魔王派幾乎算是完蛋了。

剩下的惡魔不是投降，就是隱身黑暗之中。

迪奧多拉的行動，好像讓阿斯塔蒂家完全失去信譽。繼任宗主協助「禍之團(Khaos Brigade)」算是犯下重罪，現任宗主的職務也遭到解除。

阿斯塔蒂家暫時失去出任魔王的權力。

現任的別西卜陛下也因為這次的事件被追究責任。但是現任別西卜陛下好像也在同一時間遭受「禍之團(Khaos Brigade)」相關人員的襲擊。

再加上包括瑟傑克斯陛下在內的三位魔王陛下的擁護，指責現任別西卜陛下的聲音漸漸平息。

『現在讓現任別西卜，阿傑卡・別西卜退位的話，對惡魔方面來說是一大損失。他是個在術法程式方面所有專長的男人，建構排名遊戲基礎理論的人也是他。更何況那麼優秀的人才也找不到第二個了。』

瑟傑克斯陛下嘆了口氣。惡魔業界的人才不足問題好像相當嚴重。

或許是因為我身為赤龍帝，瑟傑克斯陛下也告訴我關於無限龍神(Uroboros Dragon)——奧菲斯的事。主要是針對她的目的。聞言的我有個疑問。

「我可以問一件事嗎？」

『什麼事？』

「奧菲斯——『禍之團(Khaos Brigade)』的老大的目的是趕走那隻名叫偉大之紅(Great Red)的巨龍，回到她的故鄉次元夾縫吧？既然如此，如果我們幫她這個忙，她應該會退出恐怖組織吧？」

然而瑟傑克斯只是搖搖頭：

『不，很遺憾的，這件事很困難。一般認為，正因為現在是由偉大之紅(Great Red)統治，各世界之間的次元夾縫才能保持均衡。如果偉大之紅(Great Red)被奧菲斯或瓦利解決，或是讓奧菲斯統治次元夾縫，世界不知道會變成什麼樣子。如果是過去的奧菲斯或許不會有事，但是現在的奧菲斯，也許是因為在俗世中待得太久，和一開始時相比已經改變。』

要是一個不小心破壞次元夾縫的均衡，事情可是會不堪設想。

那麼奧菲斯和瓦利的目的豈不是很危險嗎！所以各個勢力的人才會那麼頭痛。嗯嗯嗯，將來我會打倒瓦利所以算了，拜託誰去打倒奧菲斯吧。我最討厭戰鬥了！

我的目的終究還是升格上級惡魔以及建立後宮！

『今後的新生代排名遊戲也得大幅重新評估。老是受到恐怖分子介入實在太危險。』

「要停辦嗎？」

『應該會重新策畫吧。不過有一組配對，我們無論如何都想實現。所有冥界的居民以及其他勢力的人也表示熱切期盼，希望我們一定要進行那場遊戲。』

「是誰與誰的遊戲？」

『——莉雅絲對上塞拉歐格之戰。』

——！

大眾期待的偏偏是這個組合嗎！

社長和新生代第一把交椅塞拉歐格之戰！

——我真想以和你來一場不談什麼理論的力量對決。

他對我說的這句話，至今仍然留在我的耳中。這樣啊，如果遊戲繼續進行，我們接下來會對上塞拉歐格。

『同時大家好像也很希望能夠看到西迪家對阿加雷斯大公家之戰……如果能夠實現，就是力量對力量、戰術對戰術的戰鬥。』

瑟傑克斯陛下好像也頗為開心。他一定也很期待這兩場遊戲吧。

『無論如何，在決定比賽是否舉辦之前，新生代要全體待命。』

畢竟才剛發生過恐怖攻擊。根據冥界的輿論，搞不好連遊戲本身都有可能泡湯。新生代上級惡魔的遊戲也不容易啊。

然後那首「胸部龍」的歌，在冥界的小朋友間造成轟動，甚至稍微造成社會現象。

『我已經在構思第二首歌了。呵呵呵，別看我這樣，小時候的我可是很想成為音樂家。現在實現了一個夢想，讓我很高興。』

啊，瑟傑克斯陛下的雙眼閃閃發亮。看來那首歌的作曲工作，他真的做得很起勁……

接著瑟傑克斯陛下鄭重地說道：

『你真了不起。』

「我、我嗎……？」

『嗯。排名遊戲的觀眾群當中最少的——不，幾乎等於沒有的便是小朋友族群。觀看成年惡魔彼此競爭的遊戲，對孩子而言實在稱不上是娛樂。事實上，唯一在遊戲中受到小朋友喜歡的，只有像坦尼那樣的龍、魔物、妖怪等等非人類外型的轉生惡魔的遊戲。對小孩子來說，那樣的遊戲看起來就像震撼力十足的怪獸電影吧。』

哈哈哈哈，怪獸啊。坦尼大叔看起來確實是大怪獸。

『今後，至少在你參加遊戲時就夠了——如果可以，我希望將來扛起冥界的下一個世代的孩子們，能夠看看你的戰鬥。』

「意思就是要我至少在遊戲裡成為那些小鬼——不，是惡魔小朋友的英雄囉？」

『沒錯。不過我不會強迫你。這只是我的期望。』

冥界的遊戲趨勢等等複雜的事我不太懂……不過這是為了小朋友……

『是胸部龍！』

『乳龍帝！』

專訪時看見我的孩子高興模樣浮現在我腦中。

總覺得那讓我相當興奮。因為我之前從來沒有那樣能讓其他人高興的經驗……

『——最終目標只設定在建立後宮太可惜了。』

我回想起坦尼大叔在冥界對我說過的話。

不，大叔，我依然會將後宮當成我的最終目標，這一點不會變。畢竟，我還是想要一個由美女、美少女包圍著我，專屬於我的後宮！

——可是。

讓小鬼看見我帥氣的模樣也不壞！

而且這樣搞不好還可以吸引年輕的媽媽族群！

人、人妻！嫩妻！太了不起了！這麼說來，聽說最近媽媽也是英雄節目的目標客層！

等我出名了，說不定還會舉辦我的英雄秀！小孩就會帶著媽媽來看！這樣或許就會演變成邂逅！

我覺得好像找到接觸冥界美女的途徑！

嗚喔喔喔喔喔喔喔喔喔喔喔喔喔喔！我要大量擄獲冥界的人妻————！

大叔！我還是要以成為後宮王為目標！人妻嫩妻來者不拒！

「我知道了，瑟傑克斯陛下！為了人妻——不，為了孩子們，我會努力的！對了，從剛才開始瑟傑克斯身後就一直傳出盛大的歡呼聲，這是怎麼回事？」

沒錯，我從剛才開始不斷聽到熟悉的聲音。

『啊——對了，今天是駒王學園的運動會。我也跑來看妹妹精采的表現了。』

……他、他、他、他說什麼！我連忙確認日曆和數位時鐘的日期！啊——！今天真的是運動會當天————！

糟了————！都怪我一直睡到現在，差點沒辦法參加！

『葛瑞菲雅，趕緊用轉移魔法陣讓一誠跳躍到學校吧。』

「遵命。」

太感謝了！不愧是魔王陛下！我趕緊換上體育服！

我要和愛西亞搭檔參加兩人三腳！要是趕不上就糟了！

砰——！砰——！

鳴槍的聲響在藍天大作，宣布項目排程的廣播在運動場迴響。

『接下來的項目是兩人三腳。請各位參賽者就起跑位置。』

嗚哇！正好要開始！

轉移抵達的地方是舊校舍附近的樹林！我趕緊前往操場！

『那麼，由二年級所有班級參加的兩人三腳，開始。』

開始了！我和愛西亞應該是排在中間上場！一定要趕上～～！

我全力向前衝刺，終於來到操場！

「一誠！從這邊比較近！」

——社長！

她發現我來了嗎！啊！原來如此，穿過學生會遮陽棚的路線是捷徑！

「兵藤！太慢了！快到愛西亞那裡！」

遮陽棚下的彤也在為我加油！

「好！包在我身上！」

啊，我終於找到隊伍了！

愛西亞——在那裡！啊啊啊啊啊啊，她一臉落寞地拿著繩子準備和班上的其他男生綁在一起！

不行不行不行！要和愛西亞一起跑的人是我————！

「愛西亞————！」

愛西亞聽見我的叫聲，於是東張西望，終於發現我了！

她帶著快要哭出來的笑容大喊！

「一誠先生！」

等我！我不會丟下愛西亞一個人！我永遠都會和愛西亞站在同一陣線！

我來到愛西亞身邊，對同班男生說道：

「不好意思，我來跑。」

那個傢伙也拍拍我的肩膀：

「那當然！你和愛西亞同學一起跑吧！」

還幫我打氣！好，你看著吧！看我和愛西亞的搭檔默契！

我蹲著用繩子把我和愛西亞的腳踝綁在一起。

「一誠先生！你來了！」

「那還用說，我可是愛西亞的一誠。愛西亞有危險時我一定會趕到。」

哎呀，又是一臉快要哭出來的樣子。愛西亞總是這麼愛哭。

「接下來就換我們！」

終於輪到我們。

我們伸手摟著彼此的腰——做好跑步的準備。

砰！

槍聲響起，開跑了！

「我們上吧，愛西亞！」

「是的！」

我們從起跑就展現出超群的搭檔默契，跑得很快。

「一誠！愛西亞！要拿下第一名喔！」

「你們可以的！」

社長和朱乃學姊在聲援我們！

「一誠同學！愛西亞同學！你們拿得到第一名！」

「一誠！愛西亞！衝啊————！」

「兩個人都要加油！」

木場、潔諾薇亞、伊莉娜也再為我們加油！

「一誠學長——！愛西亞學姊——！」

「學長學姊加油！」

加斯帕也喊得好大聲！小貓也很興奮！

「要是輸了我可饒不了你們！」

阿撒塞勒老師！我們會贏的！

「你來啦，一誠！老爸會拍下你帥氣的一面！」

「一誠！愛西亞！加油——！衝啊——！」

老爸、老媽！你們好好看著兒子女兒的精采表現吧！

我一面跑，一面對愛西亞說道：

「愛西亞，妳要一直待在我身邊，不准再和我分開。」

「——！」

愛西亞又是一臉泫然欲泣的樣子，不過還是忍住專心跑步！

然後——

砰！槍聲響起！

我們衝過終點線！

「好啊————————！」

接過第一名的旗子，我擺出勝利姿勢！

哈哈哈哈，你們看！我和愛西亞跑得最快！

「贏了！愛西亞，我們贏了！」

「是的！一誠先生，贏了！」

我和愛西亞牽起彼此的手！

看吧看吧！我們的默契果然絕佳——啊，哎呀呀呀。我有點站不穩，腳步虛浮。

忽然有種無力的感覺。力量……逐漸消失。啊，對了，我才剛從昏睡狀態醒來。好像拚過頭了……

「一誠先生！你還好吧？」

愛西亞支撐站不住的我。

「啊——好像有點衝過頭了。」

「一誠，愛西亞。」

社長在此出現。她面帶笑容，指著體育館的方向：

「愛西亞，體育館後面應該沒有人，用神器(sacred gear)幫他恢復吧。」

「啊，是的！」

不好意思，社長。嗚嗚，我真沒用。只有體能上得了檯面，卻在這種地方體力不支……

就在愛西亞扶著我，經過社長身旁時——

「——愛西亞，加油喔。」

「——」

嗯？社長這句話讓愛西亞臉紅了……怎麼了嗎？

如此這般，來到體育館後方之後，愛西亞正在幫我恢復。

啊，愛西亞的恢復最棒了。淡綠色的光芒立刻滲入體內。

身體狀況稍微恢復的我站起身來，活動一下肩膀。

「好。這下子應該有辦法參加剩下的項目了！」

「一誠先生。」

「嗯？怎麼了？」

聽見愛西亞的呼喚，我轉過頭去——

愛西亞踮起腳尖。

她的唇——疊上我的唇。

…………

突如其來的——一吻讓我搞不清楚狀況。

糟、糟糕，我的腦袋快爆炸了……！可是！可是剛才！

我接、接、接吻了——！而且還是和愛西亞——！

愛西亞面帶笑容，可愛地偏著頭說道：

「我最喜歡一誠先生了。我會一直待在你身邊。」

我在極度感動的同時，也因為太過高興當場倒地。

我——

我現在好幸福——！

後記

兵藤一誠是胸部龍！他只要按下莉雅絲・吉蒙里的胸部開關，就可以變身成為傳說中的乳龍帝！

大家好，我是石踏。我又耍蠢了。而且病情越來越嚴重。

「胸部龍之歌」大家覺得如何？那是我一面夢想著由富士見書房發行ＣＤ這種不可能的任務一面寫出來的。

好了，從第三集開始的一連串故事，就在這本第六集暫時畫下休止符。內容方面從一開始就突然進入高潮，並且一直持續到整個故事結束。故事直接延續第五集的發展，一誠也有如驚滔駭浪地揉遍女性社員的胸部。

這次的發展是由瑟傑克斯、阿撒塞勒、奧丁等各個勢力ＶＳ「禍之團(Khaos Brigade)」展開大人之間的戰爭，然而一誠等人也被捲入其中，在主戰場以外的地方為了拯救同伴而戰。由於故事在第六集暫時告一段落，戰鬥也特別盛大。上一次是在抑制力量的狀態戰鬥，所以這次就讓所有人毫無保留地大鬧一番。

題外話，第一～二集是第一章，第三～六集是第二章，從第七集開始將進入第三章。

下一集就要進入新的章節！這次也提到相關的伏筆，相信各位讀者也很好奇吧，這些都將在新的章節一一闡明……或許！

同時也強烈希望對抗新生代最強的塞拉歐格之戰能夠實現。

經過一番波折之後，愛西亞得到幸福了！終於和她最喜歡的一誠接吻，今後他們兩人一定可以和睦地一起生活吧。

伊莉娜再次登場！她變成天使，進入駒王學園就讀了。雖然很容易激動，但是身為教會三人組的一員，希望大家能夠連同愛西亞、潔諾薇亞一起多多愛護她。

書中新教會的伊莉娜忽略宗派的不同，還請各位當作是《D×D的》原創設定。在作品的世界裡，天界統整了各個教派。

天使方面也創造類似「惡魔棋子（devil piece）」的系統，不過不會和故事直接相關，請各位當作設定記起來就可以了。但是可能會有神秘的鬼牌出現。

蕾薇兒的出場次數明明不多，讀者卻相當喜歡她。今後當然也會繼續出場。人氣夠高或許還可以考慮成為固定班底。

然後是弗利德。永別了，弗利德。請各位雙手合十送他一程吧。他是個出色的壞蛋。

此外奧菲斯也出場了。這次只是讓他出來跟大家見個面。

有關「霸龍（juggernaut drive）」，發動時的描述稍微讓人有點不舒服。充滿謎團。

答謝部分。

第六集順利上市了。みやま零老師、責任編輯大人，感謝兩位在每一集的照顧！

各位讀者！感謝大家一直以來的支持！故事還會繼續下去，希望大家可以繼續給我不變的支持！一誠他們的故事還有後續。

順便宣傳！大事一樁！《惡魔高校D×D》將在五月發行的《DRAGON MAGAZINE七月號》登上封面！感謝各位的支持！銷售量也逐漸成長，狀況好到不行。而且終於要登上雜誌封面！雜誌當中也會刊載本作的特集和短篇，如果看見《D×D》封面的雜誌，還請各位拿起來翻閱！

就是這樣，我們第七集再會了。預計在夏天上市。

（註：以上所述的出版時間為日本方面的時間）

Heros.

「夏爾巴・別西卜倒下了。白龍皇瓦利也說不打算領導他們。」

「這樣啊。所以『禍之團(Khaos Brigade)』的舊魔王派就這樣結束了。不過這好像是因為我們這邊的『絕霧(dimension lost)』持有者有點偷懶，真是過意不去。」

「真虧你說得出這種話，明明就是你的命令。所以你打算怎麼做？我們聚集了英雄與勇者的後裔的英雄派該是時候行動了嗎──曹操？」

「這個嘛，該怎麼做呢──目前我還是對招募人才比較有興趣。」

「你這點還真像第一代。不過不久的將來我們一定得行動。因為寄宿在你身上的東西不會允許你按兵不動的。最強的神滅具(longinus)──」

「──『黃昏聖槍(true longinus)』啊。這把槍的前方會是霸道，還是──」

Kadokawa Light Novels

美少女死神 還我H之魂！ 1~5 待續

Kadokawa Fantastic Novels

作者：橘ぱん　插畫：桂井よしあき

為了美菜，我要成為女僕王！
壓抑系情色喜劇第五集，女體化登場！

不但被捲入死神界王族的家族風波，還得知莉薩菈就是準公主的事實。不僅如此，良介本身似乎也藏有不為人知的祕密，就這樣狀況連連地迎向貞操可能不保的危機……交織著略帶正經的發展，H之魂顯露其真正價值的時刻就此到來。

各NT$180~190/HK$50

台湾角川

Kadokawa Light Novels

打工吧！魔王大人 1~4 待續

Kadokawa Fantastic Novels

作者：和ヶ原聡司　插畫：029

第17屆電擊小說大賞〈銀賞〉得獎作
魔王遭受失業與被迫搬家的雙重打擊？

魔王因打工的速食店停業而失去了工作，再加上為了修理被破壞的牆壁，他得暫時離開居住的公寓Villa・Rosa笹塚。在房東志波的建議下，魔王等人前往由志波的姪女在海邊所經營的「海之家」工作。而高中女生千穗以及勇者艾米莉亞也緊追而來？

各 NT$200~220/HK$55~60

台湾角川

國家圖書館出版品預行編目資料

惡魔高校DxD. 6, 體育館後的聖光 / 石踏一榮
作 ; Kazano譯. -- 初版. -- 臺北市 : 臺灣國
際角川, 2012.11
面 ; 公分. -- (Kadokawa fantastic novels)
譯自 :ハイスクールD×D. 6, 体育館裏のホーリ
ー
ISBN 978-986-325-027-2(平裝)

861.57 101020015

Kadokawa
Fantastic
Novels

惡魔高校D×D 6
體育館後的聖光

（原著名：ハイスクールD×D6 体育館裏のホーリー）

2012年11月23日　初版第1刷發行
2015年5月4日　初版第5刷發行

作　者：石踏一榮
插　畫：みやま零
譯　者：kazano

發行人：加藤寬之
總編輯：蔡佩芬
主　編：吳欣怡
文字編輯：江宇婷
資深設計指導：黃珮君
設計指導：許景舜
美術設計：黃永漢
印　務：李明修（主任）、張加恩、黎宇凡、張則蝶

發行所：台灣角川股份有限公司
地　址：105台北市光復北路11巷44號5樓
電　話：（02）2747-2433
傳　真：（02）2747-2558
網　址：http://www.kadokawa.com.tw
劃撥帳戶：台灣角川股份有限公司
劃撥帳號：19487412
法律顧問：寰瀛法律事務所
製　版：尚騰印刷事業有限公司
ＩＳＢＮ：978-986-325-027-2

香港代理：香港角川有限公司
地　址：香港新界葵涌興芳路223號
新都會廣場第2座17樓 1701-02A室
電　話：（852）3653-2888